写给你

あなたへ

[日] 河崎爱美 著
梦月 译

写给你

あなたへ

[日] 河崎爱美 著

梦月 译

青岛出版集团 | 青岛出版社

ANATA E
by Manami KAWASAKI
©2007 Manami KAWASAKI
All rights reserved.
Original Japanese edition published by SHOGAKUKAN.
Chinese translation rights in China (excluding Hong Kong, Macao and Taiwan)
arranged with SHOGAKUKAN through Shanghai Viz Communication Inc.

山东省版权局著作权合同登记号 图字：15-2006-55 号

图书在版编目（CIP）数据

写给你/（日）河崎爱美著；梦月译．—青岛：
青岛出版社，2017.10
ISBN 978-7-5552-4983-2

Ⅰ.①写… Ⅱ.①河…②梦… Ⅲ.①中篇小说-
日本-现代 Ⅳ.①I313.45

中国版本图书馆 CIP 数据核字（2016）第 303949 号

书　名	XIE GEI NI（QINGNIAO WENKU）写给你（青鸟文库）	
著　者	[日]河崎爱美	
译　者	梦月	
出版发行	青岛出版社	
社　址	青岛市崂山区海尔路182号（266061）	
本社网址	http://www.qdpub.com	
邮购电话	0532-68068091	
责任编辑	杨成舜　刘　迅	
封面设计	毛　增	
照　排	青岛双星华信印刷有限公司	
印　刷	青岛双星华信印刷有限公司	
出版日期	2017年11月第1版　2023年4月第5次印刷	
开　本	32开（710mm×1000mm）	
印　张	6.5	
字　数	100千	
印　数	17311—22310	
书　号	ISBN 978-7-5552-4983-2	
定　价	20.00元	

编校印装质量、盗版监督服务电话：4006532017　0532-68068050
本书建议陈列类别：日本 / 文学 / 畅销

献给与我相识的所有人

※

没有你的日子，一天天在飞逝。

你还好吗？我每天的生活一如既往。

林间渐渐青翠，风儿一下子滋润起来。高中入学马上就快两个月了，而你逝去也快有两个月了，真快啊。我不能适应没有你的生活。可是，将来万一适应了怎么办？我也稍稍有点不安。

至今我还是不相信你已经从这个世界上消失了。现在你就是出现在我面前冲我微笑，我也一定不会怀疑那个人就是你。我想看你温柔的眼眸，听你用低沉的声音呼唤我的名字。这个愿望若能实现，我丢弃性命也在所不惜。这个想法至今依旧。

这封信来得突然，也许让你有点困惑。这是你离去后的第一封信。我想，这也是最后一封。

当我任思绪驰骋在你留下的各种回忆中时，觉得你就在身旁。就算只是为了收拾这份混乱的心情,也得把我所思所想写下来。

今天想要写信,是有话对你说,没有别的原因。而且我必须随着那份怀念之情回顾我们的过去。我必须这样做,为了今后能继续前行。要写的事情太多了,多半会写成一封长长的信。可能要写一整夜。

不过只是今夜……清晨降临之前无论如何都要写完。这是最后一封信。写完之后,我就把你埋藏在心底。把你当作珍贵的回忆,只留在我的心间。所以,请求你——让我写下来。

※

你还记得我们初次相遇那天的情形吗？那是秋风飒爽的十月，是你们中学举办文化节的时候。

我那时刚与原本亲密的男朋友分手，身心交瘁，不知何去何从，伤心欲绝。

若是现在，我肯定会不以为然，一笑而过。可那时，分手让我伤心欲绝。只是因为当时我无法坦然面对自己，总是伤害完对方又觉得特别内疚。实际上是我提出分手的，却像是被别人甩了一样惨兮兮的，心头总有一种无能为力的感觉。

尽管如此，我还是自己安慰自己，与其继续言不由衷，还不如现在这样对他对我都好。不，其实是强迫自己听进去。虽然我知道，抱着这样的想法逃避现实是自我姑息，但也没有别的办法。

一个朋友对我当时的状态很担心，于是邀我去参加你们学校的文化节。

其实,我既没有出门的力气,也没有那个心思,但朋友那么热情地邀请,我也只好勉强一起去了。朋友为了我真是尽心尽力。现在想起来,有人为我操心真好。

到你们学校以后,我们先去看体育馆的舞台演出。

体育馆里超乎寻常的热气吞噬了我,几乎把我压垮。我觉得连呼吸都困难起来,不能继续待在这样充满欢笑、闪闪发光的世界里了。换作平时,我肯定会喜欢这种气氛,可那时却发现它不知不觉已变成了有害物质,要把我销蚀。

我不能在这样的环境里待下去。

我不能忍受体育馆里的气氛,跑了出来,都没有对朋友讲明自己要去哪里。我从洋溢着希望和幸福的世界里逃出来,心中渴望昏暗潮湿的地方。

我独自一人信步走在安静的似乎没有尽头的走

廊里。走廊里没有人影，显得分外寂寞，正符合我的心境。当时我心里希望能这样永无止境地走下去，但同时又知道那是不可能的。

　　真想消失。
　　要能消失就好了。

　　一边想着，脚步不停。
　　我踉跄地走着，不知过了多久，眼前突然出现一间教室。
　　我很快就看出来这是个美术作品展览室。我还来不及犹豫，就像被什么牵着似的走了进去。
　　里面摆着各种各样的美术作品，人物画、风景画、海报画、雕刻和黏土手工艺品等等。我挨个看下去。那张隔出不同区域的屏风后面，是最后一个展区。
　　摄影角。我仔细欣赏，一张照片引起了我的注意。

天空飞翔，肥皂泡。

那张肥皂泡照片的名字是"情愫"。
那肥皂泡也跟我一样。
无常的、梦幻般消逝而去的肥皂泡和我的情愫一样。不论怎么努力，该消失的时候，这情愫就很没劲儿地消失了。人为去挽留它，反倒更糟。

瞬间的恍惚。我的情愫。

不，我的那份情愫甚至都没能乘上清风。我也许意识到了，却装作浑然不知。我讨厌那个装糊涂的自己。

一边想着，茫然而立。无能为力，感到时间流逝而去。

过了一会儿，我擦掉泪水，轻轻叹了一口气。自己的存在真是完全无足轻重。

"我说，你怎么了？"

一个温和而低沉、似乎能包容一切的声音把我拉回现实。我被那声音吓了一跳，清醒过来，朝声音的方向一看，一个男生正凝视着我。他有一双深深的、清澈而温柔的眼眸。

我当时的心情一生难忘。

能否算得上一见钟情？看到那双眼眸，我心底迸发出一种从未有过的深沉而强烈的呼喊。

怎么办？
我怎么啦？

当时我无法移动，无法逃离那双眼眸。不过我感到一股强大的力量支配了我身体和心灵。我本能地感觉到这将改变我的一生，尽管还不知道要发生什么、会怎么样。

这个人，会改变我。

我并非迷上了他的外表，只是觉得能接纳他的一切。觉得无论今后怎样，也不会讨厌这个人。

尽管对他一无所知，却产生了能完全接纳他的错觉。

不，那不是错觉。相信，彻底了解他以后照样能完全接纳他。这是命中注定的相遇。

"嗯，这张摄影作品的作者是什么人？"

其实问他也没用，只是想跟他说话，再听听他温和的声音，所以不知不觉跟他搭话。

他看着我，表情突然僵硬了。难道我问了奇怪的问题吗？我退缩了。他在踌躇，好像是在探查我提问背后的意图。但那也只是一瞬间，他随即又浮现出柔和的微笑。我记得那是一个羞涩的笑容。

"是我照的。"

"啊？"叫声差点从嗓子眼儿里窜出来，被我慌忙压住了。

眼前这个人和照片的作者是同一个人。

真是缘分。雾霭中郁郁不快的心情爽朗起来,突然舒畅了。原来如此啊,我一下子就接受了,无需任何证明。

因为喜欢这张照片,我对眼前这个人也有了强烈的好感。在那一瞬间,我感到一根隐形的红线将我们系在一起。

我的人生,还不用放弃。
因为遇到了这个人。

当时我这样想。从心底真诚地这样想。
唯一冰凉的地方是那一道还残留的泪痕。他一定也知道我刚才还在哭泣。我觉得自己没出息,却无法抑制地感到快活。

"谢谢了。"

我说着顺势低下头跑掉了,仿佛要逃开那双眼眸。他大概觉得我是个怪人,也许还寻思过我为什么要逃开。但我除了逃跑没有别的路。

跑掉之前,名牌上这个人的名字闯入我的视线,我心中呼唤着那个名字,重新回到了阳光灿烂的世界。

这就是你我的初次相逢。

一天天心不在焉地过去了。

一下子寄情于人,让我不由得有点担心。我坚信这是真实的情感,也认为这回应该不会像以前那样不了了之,但还是有些畏缩。他是第一个让活泼开朗、跟谁都谈得来的我感到胆怯的人,第一个让我不敢跨出一步的人。

以前的感情算什么啊。

遇到你的那个瞬间，我发现自己是为了与你相遇而生的。

我要更多地了解你。

见不到你的分分秒秒，像忘记融化的雪片，不停地在我的心里堆积。渴望见面的心情，像熊熊的焰火，使我的心燃烧不止。你也许早已将那时的相遇抛诸脑后，我却怎么也无法忘怀。

真想见面。

这是第一次，真切地想要见到谁。

现在——也想。
想见你。

一个自己期盼见面，但另一个自己明白，无论怎样祈祷也不可能。我有点灰心，真是悲哀。

遇到你之前那么郁闷，可一遇到你世界就变得如此光明。好了疮疤忘了疼，我又开始思恋男生了。不过，还能夸口的是，对你的想念与以往的恋情不同，它更神圣，难以用语言来表达。

文化节的第二天，一起去的朋友说起你们学校的文化节。

"有好人吗？"

我想她说的"好人"是指"帅哥"。我自问，仅用"好人"来形容你足够吗？你比那形容重要得多，绝不是无足轻重。

"也没什么——"

我说了一半就含糊起来，岔开话头。朋友心不在焉地"哼"了一声，说起我的前男友来，我只好默默听她一个人口若悬河地说起来。

"噢,对了……"

朋友做出刚想起什么的样子,突然提高了声音,那种故弄玄虚的劲儿非常好笑。

"美术展览室那儿,有个男孩子吧?"

这句意外的问话几乎让我惊叫起来,我掩饰住了,平静地点点头。她也许是看穿了我刚才的心思吧。那时我脑海里清楚地浮现出那个男孩子的笑脸。

他不是跟你说"振作起来"吗?

我心中默默地说了声"谢谢",眼前马上浮现出你的笑容。

该拿这份情意怎么办呢?怎样才能把这份情意传达给你呢?

伴随着苦闷，是无休止涌起的热烈情意，让我这双小手儿无法驾驭。这情意像个一无所知的孩子，无所顾忌、天真地缠着我，驱赶不开，只能任其摆布。

生活中没有你，心里觉得没着落。上课的时候我会恍惚觉得你就在我身边，在涌向校门的人流中仿佛也能看到你的背影。

尽管你已经离开人世了。

明知如此，我的视线还是总在搜寻你的身影。有时回过神来，看自己这样寻找你，也被自己的行为吓一跳。过去从来没有过这样的事情。对于以前的我来说，如此搜寻别人是不可能的。

尽管如此，我的一切，整个被你迷住了。

不管相逢多么偶然，也不能认命。随着时间流逝，它必定会变作回忆，仅仅在记忆的角落里默默存在。它必定会成为褪了色的往事，让人怀念地眯起眼睛感慨地说："还有过那样的相逢啊。"我一边恳切希望事态如此发展,一边又热切盼望不要变成这样。

这个人会改变我。

我觉得只要我一回头,在那个瞬间得到的预感,就会压过来。事实上我也真切地感觉到,无论我怎样挣扎,这个不等发令就起跑的预感,终究会追上我、控制我。

※

那次相遇以后过了一周,我去文化馆参观在那里举办的摄影展览。

看摄影展览也没有什么特别的理由。只是自从文化节的时候被你拍的摄影作品迷住后,我就开始喜欢看摄影图片了。

摄影作品被按照动物、人物、海、山的主题区分开,设置了各种各样的类别以供选择,可我下意识地走向展示"天空"的角落。

说起来"天空"是一个简单的词,有人拍下白云薄日、有人抓住了燃烧夕阳,还有人捕捉到了万里无云的碧空。原来头顶上方还有这么多的缤纷色彩,这些未知的世界让我的心情欢畅。我感悟到自己眼睛所见的并非是唯一的真实。

我忘记了时间,一张张入神地看着,忽然一个标题闪入我的眼帘。

《心境》。

那是四张照片组成的一组作品。拍的是晴、阴、雨、雪时的天空。它们像人的心境一样有各自不同的情感，但是每张表现的归根到底还是天空。

心中一下子温暖起来。心脏好像被紧紧地握住并涌出暖流，那种感觉是如此真切。不会吧，我压住不断滋长的期待和鼓动的脉搏，把视线投向摄影者的名字。

是他。

作者牌一栏上写的，是你的名字，那沉在心底却从未消失的名字。我的心，再次被你拍的作品抓住。文化节看到你的作品时感到的那种全身震撼的冲动，一瞬间又从心脏直奔指尖。

"天空，挺难拍的。"

无需确认，我马上就明白是你在我身旁跟我说话。你走过来，凝视着照片。

"又见面了。"

我不知道该说什么好，除了用嘶哑的声音礼节性地问一声好以外，什么也说不出。

"你的心情好点了吗？"

你用澄澈的声音小声说。被你这么一问，我觉得一句普通的话语里似乎蕴藏着巨大的力量。你用目光扫了我一下，又继续注视照片。我点点头，用充满朝气的声音大声说："是的。"

"那就好。我有点担心啊。"

这突然吐出的喃喃细语，深深印在我心里。一个萍水相逢之人落下的泪水，都会让你痛心，我又一次被你的善良感动，开心起来。

"天空，很难拍吗？"

我接上你的话茬，问起你先前说的话。你有所顿悟似的平静答道：

"啊！是很难。"

然后，你咧开嘴面露苦笑：

"说实话，我拍不好天空。"

我没有摄影知识，但也明白你说的不是技术方面的问题。

在你低沉的声音里，既没有无法按照自己的想法表现天空的懊悔，也没有因为作品与自己设想不同而产生的焦躁,你坦诚地接受了拍不好天空这一事实。

"天空真像人的心境,有各种表情。"

我把自己的真实感受告诉你,你只是一个劲儿摇头,似乎想掩饰因被理解而产生的喜悦之情。

"连自己的心情都搞不懂,更不可能了解别人的心境呀。"

你似乎悲哀又自嘲地说出这句话。我不想看你对自己干的事一笑了之,摇摇头。

"正因如此,你才想拍天空的不是吗?"

你睁圆眼睛,猛地转过来,看着身边的我。然后,一下子温和地笑起来。

"是啊,所以才想拍的。"

你对摄影的热情蕴含在只言片语中。你的魅力深深吸引着我,因为你既温和,又热情。

这个人会改变我。

我心中涌起了比先前更强烈的感觉,意识到这已经不是简单地说自己"神经过敏"就能了结的了。

"啊,我说的话有点怪,对不起。"

你忽然注意到我的沉默,慌忙道歉。

"突然听我说这些话,你不要觉得莫名其妙。不过我总觉得,你是不会笑话我的。"

你的话在我的心坎上挖出一个窟窿。一想到你周围没有人能理解你的这份热情,就仿佛寒风从那个窟窿里无情地吹进来。我想堵住那个窟窿眼儿，可它太小，找不到。除了忍住那份冷清，我无能为力。

"没关系，也没有人笑话你。"

我尽量鼓励你。可要是继续说下去，就要带上哭腔了。

"谢谢。"

我们异口同声地说。我吃了一惊，转脸看你，你也正转脸看过来，还没对视过的目光一下子碰到一起。我有点反常地笑了，你也忍俊不禁。我们分享了短短数秒的快乐。

"你终于笑了。"

你说完这句话，转身往接待处走去。你的背影看起来比我想象的要魁梧。

我想更多地了解你。

我的心,真的飞向远方。

※

十二月飘落初雪的黄昏，我第一次给你写信。我写了就擦掉，擦完又重写，反反复复很多次，不知道该写点儿什么。我们彼此认识了，就更加不好意思了啊……

结果，仅仅自我介绍以及对摄影作品的感想就写了三个钟头。虽然费了那么大劲儿，可誊写清楚后一看，信文短得让人吃惊。我想说的可绝不仅仅是这么一点点。你还记得吧？你肯定一分钟就读完了那封信。写那封信可花了我整整三个小时呀。

信寄出，一周过去了，你没回信。我思量是不是地址写错了？邮票贴好了吗？也许邮递员出车祸了？甚至想到了实际上不可能出现的理由。可都没猜中。

你看信的时候是怎样的心情呢？现在也没法再

问了,因为收信人是你。看信的时候肯定挂着你惯有的羞涩微笑,对不对?

你没有回信,这让我很伤心。

因为你讨厌我,才不回信的。
你把我彻底忘记了。

我被这些想法纠缠住,我向其他男孩子询问。他们说男人不写信,没办法的。我于是又有了渺茫的希望,不肯死心又决定写第二封信。

※

　　第二封信的风格比第一封显得轻松多了吧。我尽量写得低调，以便让你容易写回信。我一边想着你的朋友们告诉我的你的特点，一边罗列了一大堆表扬你的话，说什么"你真棒啊""你很努力啊"等等。因为我知道你对自己没有信心。我想可能也有人看到你的努力，可是并没有用语言鼓励你。我觉得要是不正面地鼓励，你就难以察觉到自己的努力。

　　我写了第二封信，你依然没有回信。也许你已经察觉到我的心意。或者也许你早已忘记我——那个对着你的摄影作品流泪的女孩。

　　可是我忘不掉你，我很想了解你。也希望你多了解我一些。那种欲望在我心中萌发。

　　哪怕在你的心中只占一点点的位置，就很幸福了。被你讨厌也比完全无视强。哪怕只有一点点希望，只要你眼中有我，我就能不断地挂记你。

　　反正，如果想通了——都怪我单相思——的话，信反而好写了。我明白等回信是愚笨的行为。甚至想，这么写信不过是为了理清自己的想法罢了。

※

可能是在写第五封信的时候吧——因为信写多了,反倒记不清是哪一封了——好多事凑到一块儿,相思也有疲乏的时候,我在信的结尾处提出了最后的希望:

"想多看一些你的摄影作品。"

我好像是那么写的。而且下定决心如果你这次再不给我回信,我就不再继续写了。我还下定决心从此偷偷地想念你,不对任何人提起,也绝不把这份感情泄露出去。

你太狡猾了,为什么不简简单单地让我死了心,为什么让我抱着最后的希望呢?

在邮箱里发现了你的来信时我真的很高兴,心情很复杂甚至有些悲哀。你寄来了照片,我又燃起了希望。照片背后的一句附言把我束缚住了。

"我常读你的信,谢谢。"

你是这么写的吧?

那时,我别提多高兴了。喜极生悲似的紧紧攥着那封信,泪珠大滴大滴地流下来。眼泪怎么也止不住,把所有的感情都释放出来了。同时我也意识到,我再也不能摆脱对你的思念了。

那时你送我的照片是多么漂亮啊!在银白的雪地上有两只可爱的兔子互相依偎着。你在这张照片上寄托着何种心情呢?你在照片背面写道:"这是小小的礼物。"字体很小,谈不上工整,甚至有些笨拙。

至今我还珍藏着那张照片,在你给我的为数不多的礼物当中,印象最为深刻的就是它。我想把它永远留在身边。我希望它能永远守护我。可是又不能够。因为只要把那张照片放在身旁,我就心乱如麻,毫无抵御能力地陷入一种空洞虚无的心境之中。现在,我还做不到从容地把一件使我难受的纪念物摆在身边。

虽然我很难过很遗憾,但确实无法把你拍的照片放在身边。

※

你还记得刚升入初三的那年四月开学时的事儿吗?那时距我们初次相逢已经近半年。我对于给你写信也已经习惯了。节日的街道布置得多么绚丽多彩啊。

我和朋友们闹腾一阵子以后都累了,正在市营铁路车站休息。我一抬头,看见上面月台上有一个熟识的和善面庞。

没错,是你。

要不要和你打招呼?我犹豫了一下。如果我忽然叫住你,你会不会觉得被打搅?也许你正和什么朋友在一起呢。这种顾虑困扰着我。不过,无论如何也想和你说句话的愿望战胜了所有的顾虑。

"看见一个熟人,和他说句话就来,你先去下一个地方吧。"

我对同伴说完,就走进人群中。虽然你往月台楼梯下面走过去,但我还是一眼就找到了你。不用特意找就自然能看到你的身影,这让我再次意识到对你的相思之深。你当时低着头靠着楼梯。

我没有勇气从正面走上前去和你说话。从侧面一步一步,拼命强迫自己迈开沉重的步子走过去。才只有三米而已,我当时却觉得像是无尽长路。

感觉你好像在等人。我深深地吸了一口气,调整好呼吸,让怦怦跳动的心脏平静下来。

"那个……你好啊。"

从嗓子眼儿里挤出来的声音,好像蚊子叫。

你猛地抬起头,一脸困惑。不过只是一瞬间,然后便害羞地笑着跟我打了招呼。一阵说不清的热意涌起,让人挺痛苦的。初次体验这种情感。那阵子我体会了太多的第一次,所以也没仔细地深究原因。当时只觉得,这人就是好,非他莫属。

本来应该互相好好了解一下的,可是交谈得特别尴尬。我从你的朋友那儿打听过你,你也从我的朋友处打听过我。不知不觉建立起来的相互之间的印象,令人觉得不可思议。

"现在有空吗?"

你看了一下表,回答说没事儿。

一聊开,我便以令自己都吃惊的状态滔滔不绝说起来。你看起来仿佛一直在眺望远方,几乎让人怀疑你是否在听我说话。可是,想征求你同意的时候你都点头说"嗯",问你话时也都一一回答了我,虽然有点生硬。我一味说个不停你却毫无怨言,你真好。你是否知道这份和善击中了我的心?

"我喜欢你拍的照片。"

我真心赞美了你,你不好意思似的摇摇头,小声嘟囔了一句:

"谢谢。"

让你开心我很高兴,于是决定更多地赞扬你。每次看到你的笑脸,我的心就融化了。满是伤痕的心一点点痊愈起来。

我问:"那些信没有打扰你?"你回答说:"没打扰。"这应该是允许我存在于你心中。和你的关系又进了一步让我喜上加喜,不过这也将伤害我。

人真是贪得无厌的丑陋生物啊。我每次遇到你、想起你的时候,都会这么想。本来我想,如果是单相思,你不理我或者不接受我的爱,我就默默地喜欢你。虽然这么打算,但是一旦知道你可能也有点喜欢我,就想要完全拥有你,想让你成为我的。我很难过自己竟然是这么贪得无厌的家伙,真讨厌自己这样。

"那么先这样,该回去了!"

十分钟以后,谈话告一段落,我虽然无比惋惜还是这么说了。实际上想一直和你待下去。哪怕只是在旁边看看你的侧脸也好啊。可是那样会让同伴等待,而且我觉得自己要是再在你身边待下去,离别时就会更痛苦,还会让不能见面的时间更加折磨人。

"再见。以后,再见吧!"

我躲开你的眼神,赶紧隐进人群之中。
结果,这十分钟只得到一个新信息。不过,能和你说上话,就是一大进步。

※

想你，每一次呼吸对你的想念就更强烈。

念你，每眨一次眼对你的爱慕就变得更深。

虽然对你一见钟情，但要是问我究竟喜欢你哪一点，我还真说不上来。

温柔的眸子——

沉默寡言的样子——

羞涩的笑容——

文静的性格——

对摄影的热情——

细致的关怀——

小小的同情心——

连我自己也不知道爱上你哪一点儿了。既能列举出众多优点，也能找到同样多的缺点。

就算有和你性格外貌相同的人出现在我面前，我也不会像喜欢你一样喜欢他。这点我敢确定。

总之，那时候我的眼里只有你，看见别人也不觉得比你优秀，觉得不会有人能像你那样乱我心意。

现在也是如此。我和别人说话或者观察周围人群的时候，总是会无意间拿他们和你相比较。这个人比你矮，这个人没有你温柔。不知不觉你的身影就把他们遮住，不停地让我意识到你在我心目中的重要性。你的身影在我脑海里不时浮现，把我的心搅乱。

没有你就没有今天的我。我大概是既不会产生对摄影的兴趣，也不会尝到失去谁的深深悲痛。

过去的幸福时光像是遥远的存在。想你想得哭泣的那一天、从你的话中获得勇气的那一天，仿佛都要消失在朦胧月色中了。

有这种温吞的回忆，是不是因为时光流过鲜明的记忆，把它冲淡的呢？如果是这样，这时间不要也罢。那样，你就能够留在我心中了。

这绝不是回忆。你从我心中消失绝不是过去的事情，现在这过程依然在继续。

要是往事永远不要消失多好啊。

※

明天是你生日。本来该到十六岁了啊。我心里一直盼着这一天,从两个月以前就开始琢磨送你什么礼物了。可是,你却离开了这个世界。

一年前的同一天,我写信想约你出来,你肯定也看了信。

那天火辣辣的太阳当空照,我一直在约会的地点——不,是我信中随便指定的地点——等你。尽管不知你会不会来,但我还是拼命搜寻你的身影。其实我知道,你要是来了,我肯定马上就能意识到。

看了无数次钟,钟表默默无语地守护着我,告诉我约会的时间已经到了。我深深地呼吸,让自己平静下来,慢慢向前看,可是没有你的身影。

约定时间过了十分钟,你还是没有来。我对自己说,你肯定是个不怎么守时的人,虽然我比谁都清楚你不是那种人。

过了二十分钟,你还是没有出现。

过了三十分钟,仍见不到你的身影。

一个小时过去了,哪里也看不到你柔和的目光。

一个半小时过去了,还是没有听到你低沉的声音。

终于,两个小时过去了,你没有来。但是我完全不想回去。一想到要回去,就觉得失败,好像等于要放弃思念你一样难以做到。

日暮时分,我终于明白等也枉然。要是太阳不消失于地平线,我会永远等下去的。这是我的行事方式。

准备好的礼物被体温捂得发热,标志着消逝的时间。我特别难过。突然觉得自己紧紧地抱着礼物等你,简直愚蠢透顶!

因为你最后也没有来。

啊,别误解,我不是怨恨你。不,要说完全不埋怨是撒谎,只有一点儿。虽说只有一点儿,也是怨恨的。

可是我连那种情绪都忍了。

我觉得你是个能坦然面对怨恨的大度量的人,所以觉得怨恨这种情绪很狭隘。因为心中有你,我变得连这些卑劣的情绪都能忍了。

相识后你的第一个生日,没能和你一起庆祝。是你收信之前就有了其他安排,还是因为害羞没能来,抑或是有什么其他原因呢?不管为什么,在我的记忆中只留下你没来这个事实。

因为你没给我回信,所以我大概也猜到了你不会来。即使如此,明白你不会来的时候,我觉得郁闷、空虚,像遭到背叛。

那天没能送出去的礼物，现在还在我手边。我选了无名摄影家的作品集作礼物，里面印的都是耀眼的蓝天的照片，我一眼就看中了。

很想让你看看，告诉你还有这样美丽的天空，告诉你这样的作品你也能拍出来。

你十五岁就离开了。我将放下十五岁的你，慢慢长大成人。这很孤单，很痛苦。你没了以后，时间像恶作剧似的流逝，今后也还会用不变的速度昼夜流逝。我将会活出你的两倍、三倍去啊。

我的时钟还停滞着，进退不得，等待着再次启动。写完这封信，大概会重新走起来，哪怕很慢！我怀着重启的愿望，提笔写这封信。

因为我还活着。

来日方长，暂时休息没有关系。有时候稍微驻足看看周围也是很必要的。为了继续前进，休息也很重要。现在正处于这样的时期。

经过冬季的严寒，美丽的春天才能万物复苏；

有足够韧性,人生才能绽开辉煌的花朵,哪怕它很小。所以我不着急,想在此地停留一下。

而且,总会有一天……

我能够迈出哪怕一小步,前进一点点。世上没有你作路标,我也不会被吞没,愿我脚踏实地前行的日子早日到来。

※

跑题了,抱歉。心乱如麻。

你生日过后,我又写了几封信。虽然没有回信,但想到你会看信,就没法罢手。那时候最大的快乐就是把最近发生的事和我们学校的事情写下来寄给你。

慢慢地没有回信也不特别难过了。习惯这个东西还真是很可怕呢。只要你看信,我就别无所求了。

即便如此,我还是时刻思念你。难受想哭的时候,鼓励我的是你的笑脸。再怎么高兴,也不能发自内心地笑逐颜开,总觉得有些欠缺。现在看看,那是因为生活中没有你。

朋友问我,一见钟情怎么就喜欢到这种程度了?我自己也不明白。可这种感觉是真的。这与为什么爱上以及感情培养时间长短没有关系。爱一个人不需要理由，我觉得重要的是感情的强烈程度。

我信里写过各种事情，对吧。有学校、家庭、报纸的报道和电视新闻。盼着能有共同话题，所以各种各样的都写过，期待有一个话题会引起你的共鸣！

唉，不知有多少次决定不再给你写信了。每逢下定决心写最后一封的时候，你就会寄回一张照片加上只言片语。而盼着回信寄出的信件，却总没有回音。

你真是个天才啊，会吊人家胃口。让人期待，然后失望，失望之后又让人继续期待。不知不觉，你已经伤害了我。我对你的言行时喜时悲，被折腾到了可笑的地步。就这样还不死心，我难道傻了吗？明知会受伤，还盼着靠近，真是无药可救的笨蛋啊。还不如干脆被你斥为大笨蛋倒更好一些。要是那样，我再怎么着大概也能死心了。可是，你太温柔了，连骂人的话也不说啊。

只有一次你寄来了蝴蝶的照片。我信中写到过喜欢蝴蝶的。你记住了，我特别开心。你能记住我无意间写的一句话,这是认真读信的最好证明。

那是一个黑色翅膀的燕尾蝶。背景很模糊,说不清是在什么地方拍摄的。照片拍得漂亮而神秘,几乎让人怀疑是不是在日本照的。我的心都快和照片中的蝴蝶一起飞起来了,感到心脏怦怦乱跳。我立刻将它放入相框摆起来了,你不可能知道吧。不知道也没关系,反正是我自己的秘密。

※

六月份运动会的时候,我有了进一步了解你的机会。

六月份开运动会,在初中很少见。我再一次来到你们中学,这里是我们的起点。我回忆着相识的时刻,心情很激动。

你是白队的队长对吧。你双手举着优胜旗威风凛凛入场的形象,比谁都耀眼,是我一个人的英雄。

你是不是已经料到我会来助威呢?如果是预料到这一点,为了让我更喜欢你,特意努力给我看似的弄出那副严肃认真的样子,我会有点怨恨你。不过看到你全力以赴的样子,我更喜欢你了。

在我参加体育比赛时,有低年级或同班的同学来助威,我也是一脸目不斜视的认真表情。你知道吗?你那一脸认真的样子更把我吸引住了。你在我心目中更重要了。虽然不愿意承认，但是我感到自己再也无法回到认识你以前的自己了。

你参加的运动项目，我都看了。你疾风一样飞跑时，我没有大喊加油，只是默默地注视着。我双手交握在胸前，用祈祷般的心情看着你。那时我只能那样。

比赛胜负难分，只剩一项接力赛跑了，决定输赢的时刻来到了。两个队差九分。虽然白队领先，但是很可能被追上。胜负在此一举，要开始最后的一项比赛了。

各年级的选手共十一人，最后跑的是队长。我明明知道哪一个队得胜都与我无关，可是不知不觉间我手心出了汗，紧握双手看比赛。

第十个人跑完的时候，红队稍微领先。第十一个人。白队第十一个选手慢慢追上红队队员。交接的时候，两队已经几乎是平局。

你接过白色的布条斜挂在肩上，抖擞地跑起来。红队队长也同时起跑了。

两个人如疾风般拼命飞跑。

鼓声响得惊天动地,笛声尖厉刺耳欲聋,学生们为了助威喊得嗓音嘶哑,简直像是到了另一个世界。

终点就在眼前。风动般冲向终点的两个人。

冲刺的一瞬过去后,扬起的竟是红旗,我目瞪口呆。

到底是白队输了。因为比分接近,谁赢都不奇怪,正因如此才更替白队遗憾。

闭幕式结束后,我恍惚了一阵,头脑还停留在白热化的接力赛余韵之中。这时,我被你的同学叫住。他说可以带我去见你,我就跟着他去了。

你一个人呆坐在校园的深处。我一辈子也忘不了你那无力、颓丧的样子。我比任何人都想保护你。即使奉献出我的一切,牺牲自己,也要保护你。我想把你从所有的伤害中救出来。

"都怪我,输了。本来有信心赢的,要是当时再加把劲儿的话……"

你当时就是这样自责的,又不全是你的错。不过你责任感太强,所以倍加遗憾。

"谁也没有怪你。你当队长,大家都很感谢呢。"

我本来打算这样劝你。我要是个知道"同情"这个词的人,就会这样说来减轻你的痛苦。

可我说了完全不同的话。我对你说了什么,你还记得吗?

"干吗要自责?!自己不责备自己,别人也会责备你的。"

不知道你是怎么理解我这句话的。或许你会向坏的方面想,说不定就讨厌我了。不过我认命,谁让我说了让人觉得残酷无情的话呢。

我在你的身旁慢慢坐下。你的朋友把我俩留下自己先走了。我什么也没说，因为什么也说不出。

我陪着你，你既没说讨厌也没表示高兴。我找不准自己的位置，思绪飘忽不定，拿不准主意要不要哭一场。要是当时哭了，准能引起你的注意。你用温柔的目光凝视我，用温暖而低沉的声音询问我。可是，我不想哭。假装成一个娇弱的女孩子，用哭声来引起你的注意，不知会怎样。我不想拿眼泪当武器，不想娇弱成那样。我知道这事哭也没用。

后来听你的朋友说，我待在你身边，你心里很高兴。我那时候才第一次真切地感到给你写信还是对的。我开心地几乎要哭起来。不过，到底还是没能哭出来。

遇到你以后，也有几个男孩子曾经向我表白。可是，我无法接受他们的感情。

如果能喜欢这个人该多轻松呀。

不，不喜欢。也不完全是这样。

怎么想都觉得不能接受那份情感。我能做的只有一件事，那就是对他们坚定地说，我不可能喜欢他们。

因为很能体会他们的心情，很难说出"不好"。但我痛切地知道态度不明朗才最伤害别人。即使让人难受也要明确拒绝，不想继续伤他们的心。长痛不如短痛。痛苦由我一个人承担就好，就算在对方眼里变成坏人，我也有信心坚持住。

拒绝之后，对方一定带着遗憾的表情，有时会寂寞地笑笑，然后静静地点点头。大家都会提出一个相同的问题：

"你有喜欢的人了吧？"

把你说成我喜欢的人，心里有些别扭。对我而言，你不仅仅是那样的人，这样说太轻描淡写了。

我觉得大家所指的"喜欢的人"和你在我心中的意义是不一样的。

我反复考虑之后，总会回答说：

"有一个很重要的人。"

我觉得在我所知的为数不多的词汇中，这种表达最合适。你是不可替代的，我不想失去你。当然还有更多的表达方法，总之，你就是值得珍惜的人。

我这样坦白之后，他们就说"这样啊"，好像懂了却又好像仍然不能领会似的笑笑，转身去了。大概觉得敌不过我心中的你。他们一定在我的眼睛里看到了不变的决心。

※

再次遇到你,是七月了。

我在蒸笼般的暑热中上街溜达。不为了等什么人,也没有什么目的,就是溜达。我明明对这条街了如指掌,但仿佛流落他乡似的内心深感孤独。本该觉得恐怖,驻足不前,却又觉得不走下去不行。

突然,下起雷阵雨来。雨点打在我身上。我拼命狂奔借以摆脱悲惨的心境。也想索性让雨淋个透,但连那点勇气也没有。

我决定在书店门前避雨。慌慌张张地躲进去的时候,发现有人先我一步。

那就是你。

一瞬之间,你好像没有反应过来这个忽然出现的人是谁。不过随即浮现出羞涩的微笑。你也是为躲雨才到那里的吧。偶然遇到你,我既感到欣喜,又因为找不出适当的话题而迷茫。

"这雨,不停呀。"

这是你第一次主动开口跟我搭话。那时我心中涌上一股奇妙的感觉,具体是什么,至今也说不清。我想大概是类似喜悦、放心、爱慕与苦恼交织的感觉吧。

你当时赞扬了我,证明了你记得我信上给你写的事情。

我在哪封信里提到过,我担任学生会会长的事情,我在羽毛球大赛中获胜的事情,作文得了优秀奖的事情。虽然都是些区区小事,可是全写进信里了。我是想告诉你,我与周围其他人是不同的,我是很努力的。

"真了不起,什么都敢于挑战。"

你是这么赞扬我的。

为了引起你的注意我才那么努力的，希望让你注意才拼命要有些突出表现的。我根本没什么了不起，不像你夸奖的那么好。以旁观者的立场来看，我每天以不纯的动机努力着。

"没写回信，对不住啊。"

你道歉了。不过你拼命解释，不是因为讨厌我才不回信，而是因为不习惯和女孩子说话，所以特别不好意思。你讲得太认真了，我觉得你太可爱了。其实，我从一开始就明白你不习惯和女孩子交往。可能是因为温顺而沉默寡言的性格所致吧。大概是你侧脸上流露出的那种安宁的神情，让开朗的我喜欢上你的。

我哭了。

你的话让我的心里暖融融的。你发了窘，问我"怎么了"。声音那么温柔，让我更加泪流不止。我摇摇头，说"没事儿"。你说了句不合语法的话："恐怕很有事儿吧。"

你轻轻地拉住我的手,把哭泣的我拉到自动售货机后边去,像是要藏起来,又像是要护着我。你没说什么安慰的话,只是默默地把后背对着我。背影让我感到你比谁都更可依靠。我依偎着你的后背不出声地哭着。

我没有跟你说,实际上我是第一次在别人面前哭泣。我一直认为不管什么情况都不能哭。无论有什么伤心、难受的事,我都没有让别人看到过自己的眼泪。因为我觉得眼泪是懦弱的产物,让别人看见自己流泪,就是让人看到弱点。

可是,你肯定知道,在坚强伪装下那个真实的我。

我总是一个人哭,为了让哭声不传到外边去就埋进枕头里哭。只有一轮明月照着。月亮明媚的笑脸招人怨恨,让我更加悲哀,泪如泉涌。虽然不愿意一个人哭,但过去只能独自哭泣呀。

你有一种力量能让我坦率。对我而言,你是唯一的可以让我当面流泪的人。我不怕在你面前暴露缺点。

也不知哭了几分钟,你一直保持沉默,你在等我哭完吧。我感到时间凝滞了,我满脸挂着眼泪想,时针永远停止该多好啊!那样的话,我就可以永远和你在一起了。

可是,没有永远。雨势弱了下来,脸上的泪滴也越来越少。我们俩都明白,雨一停我们就必须回家了。我擦干眼泪说:"没事儿啦。"在你看来,我大概是故作坚强吧。一瞬之间,你向我投来充满了怜恤的目光。

"谢谢。"

我又回到阳光普照的街上。隔着路上行人的肩膀,我看到了你的笑脸,那是我最喜欢的腼腆的笑脸。每每想起都让我笑逐颜开。我像沙漠里久旱逢甘雨的仙人掌,满心喜悦融进匆匆回家的人群当中。

※

　　自那以后,我还是继续给你写信。什么都最想第一个告诉你,可是又不能马上传达,真着急。我挑出你能感兴趣的内容,擦擦写写,好不容易写出信来。盼望见面的心情,随着不能见面的日子一天天累积。看不到你的身影让人非常难受,有时候晚上想你想得直哭,相思之情让人无能为力,只能默默地流泪。

　　都说现实生活中的距离就是心和心的距离。那纯属瞎说。我很喜欢身边的朋友和家人。可是另有一个我在那儿轻蔑地笑起来,说:"不是真正的你啊。演戏呢。"这样的时候,就觉得心灵一点不贴近。可在你面前就不一样。一想到你,我就变成真实的自己。这就是心灵接近吧。

　　请你回答"是的"。只求你理解就好,可是……

参照你见到的那个我，你肯定想象不出来，周围的人都觉得我是"开朗、积极上进、无坚不摧的女子"，甚至还封我为"拒不落泪坚强女"。完全不是对不对？你眼中的我应该是"羞答答、沉默寡言的女孩子"，而且还是"爱哭女"。两个都是真实的我。和大家一起吵闹玩乐，或者自己悠闲独处，我都同样喜欢。

在明朗快活没心没肺的外表下，有羞怯和冷静。不过，谁都有这种矛盾吧。

在你面前，我已习惯与平时不同。你让我明白，一直争强好胜不服输、处处想胜过男孩子的我，其实也想跟人撒撒娇，找个依靠。你让我发现一个不为人知的我，你成为我生命中重要的人。

※

思念一个人，就是信任这个人。

如今了解了你的心意，我依旧思念你。我觉得这等于信任你，再也不会怀疑你的心意。

无论时光怎样流逝，周围发生多大的变化，我对你的爱意永不改变。我将以一生来证明。

都说人心善变。我虽然不想承认，却觉得那是事实。确实脆弱，容易破碎。但是我愿意相信，真心不会变。

也许会有人嘲笑说那不过是愿望而已。我虽然还不太确定，但愿意相信这份思念是真心的。愿意相信，它永远不会改变。

※

夜里经常会梦见你。几乎频繁到每天都会梦到和你在雨中奇迹般相遇的场景。

在梦里,你我二人在宽阔的公园里散步。有一种奇妙的眷恋,好像我们是青梅竹马的朋友,早就彼此熟知对方的一切。公园里,从某个亮点洋溢出耀眼的光亮,晃人视线。太晃眼了,什么都看不见。哎,我不由地想,不能揭示前景的梦和模糊的未来都是这种感觉吧。

走在你的光明大道上,很愉快。即使什么都看不见,也不觉得奇怪和恐怖。

我们长时间地聊天。说的都是些孩子气的天真话,但我觉得已经很久没有和谁在一起欢笑一起忧愁了。我温和地将自己交付给时光的流逝,完全以自己的自然状态出现。

梦中的你像平时一样害羞。在梦里你会主动说起话来，也不知是因为除我以外没有熟人呢，还是因为在我梦中你的行动按照我的意愿展开。真高兴啊。气氛明快让我心情平静。我俩一边笑着，我一边想，要是真的就好了。

可是，梦终究有醒的时候。经常是每当我想说一句希望你记住的要紧话时，欢乐的光明世界就阴云密布，笑声也渐渐远去，回荡在远方，你的身影也消失了，伸手抓也抓不住，光是扑空。这是现实的距离。

梦醒时分，我感到无奈的孤独。梦里都是满足的氛围，醒来却感到怅然若失。心头涌现一种说不出的空虚。梦里有多甜蜜，现实就有多痛苦。心好像随着吱吱嘎嘎的响声破碎掉了。

如果有梦永远不醒该有多好。连梦都不能对你讲，真让我着急。

是不是因为我追你，你才逃跑？还是因为你逃跑，我才追的呢？

不要让我这么烦恼,不要这样伤害我。现实中见不到,你就潜入梦里来……

镜中的我脸上总有浅浅的泪痕。用手指触摸一下,因为体温的缘故吧,竟然是温热的。真烦闷呀。

本是一些温柔的梦,我却总会哭泣。

我也不知道自己难受些什么,为什么想哭。你总是突然消失、变成远远的一个影子。

我脑海中回味着梦境,你腼腆的形象、我们两个人柔和的笑声,都消失在虚空的雾里。

啊啊,我觉得这是在反复告诉我,现实中你距我有多么遥远。我今天也如往常一样穿过宽阔的大街去学校,和同学们一起玩闹,在课外活动时锻炼流汗,然后拖着疲惫的身体回家。不论多么快话,我日常的生活里都没有你。今天还是要重复这样的日子吧。我真正想和谁在一起呢?哎,想和你在一起。可是,我明白,无论现实多么无情,我也必须活下去。

※

漆黑的夜幕上布满几亿颗星星。现在我周围是漆黑的夜。我一边继续写信，不时地抬起头来遥看天空的星光。

静静燃烧自己生命的星辰中，也有你吧。比起其他星星，你的光辉一定格外显眼。我不知道别人怎么看，但你在我心目中是最亮的。

记不清是哪位伟人说过，不要和别人比。我也这么想。可是我没有别的方法证明你比其他人都重要。如果不说你比任何人任何事都重要的话，我的相思好像就成瞎说的了。

啊，我太脆弱了。不拿你和别人比较，就不能确信自己的思恋。明明用语言不能诉说的思念，却非要用语言来叙述。想要写下来留下来。不那样就不能够表达。我是多么卑微的生物啊。

有形的东西总有一天会损坏。那么反过来说,无形的东西会永恒存在吗?如果是这样,我对你的一片心意永远不会损坏。而且和你相处的宝贵时间也会永存。不会成为无益的东西,它们都是我需要的。

我愿意相信。

※

我打算好了要理解你细腻的部分。不过也会有人毫不在意地对你的温良天性冷言相向吧。

运动会以后,我从你的朋友那里听说了这么一件事情。

你被同年级的男生责骂了。

说的都是些平时不会说的难听话,是吧。虽然只有他一个人指责你,可你还是特别消沉。

我在信里应该提到过,这不是你的错,你过于温良谦让了。

说白了,我不明白你怎么会因为那种人的话而受伤。

你有和我很相似的地方,就是总会隐藏自己弱点。我总是强忍眼泪不说软话,不,是说不出口。你呢,是明知虚弱还要逞强,我说的意思你明白吧。

我们都很弱。

运动会那天,你闷闷不乐的样子,由于悔恨难过以及没能好好带领伙伴而心碎的样子。他骂你,你也想回敬他吧?你可以说:"你尽力了吗?你做了什么贡献让你有资格责骂别人?"

可是,你没有反驳,把所有的悔恨和悲伤感情全封闭在心里,抑制住自己的愤怒,完全把矛头指向自己,把自己搞成了自怨自艾的少年。

我知道,你那温和的性格,有时会变成软弱的象征。

当时你不回嘴,是因为害怕展示弱点。你认为只要不表示出愤怒选择沉默,周围的人就会认为你坚强、冷静,有忍耐力。你是这么想的,出于有意还是无意我不知道。不过,你我一样,愿意把自己的软弱隐藏起来。

现在你要是在这里,一定会问我,你怎么连这个都知道,知道了还不抛弃我离开我。

那是因为我能谅解你所有的一切。外强中干啦,时时带着悲哀情绪的笑脸啦,都能谅解。自从和你相逢的那一刻起,就全都谅解了。我谅解你的一切,接受你的全部。哪怕有一天会表现出来,但我心里是不会讨厌你的。

若想要我们之间破裂,只会是你来找我提出分手。不过我觉得那还早着呢。

※

你送给我几张照片。其中有一张格外亮眼,岂止是亮眼,它让我心里充满惊喜,简直要泪眼涟涟了。

照的是大街当中的背影。

我一时没反应过来是谁的背影,好像见过,但脑子里想不出到底是谁。我心想这是谁啊,翻过来看了看照片的背面。
看到拍摄日期的时候,大吃一惊。

这个背影,是我的。

拍摄日期是四月里一个节日,对,就是在火车站偶然遇到你的那天。多半是和你说完话离开时拍的,我没有发觉你在拍我的背影就走了呢。

"这个人可要防着点儿。"

说是这么说,可是内心在暗自笑。你自有你独特的可爱之处。

你用你自己的方式留下了我们初次谈话的纪念。我觉得你总是心不在焉、从不流露情感,不知道你在想些什么。虽然这么想,可是你按照相机的快门倒是挺快的。

日期下方的附言,是你生硬的笔触。

想拍,所以就拍了。

也没有笨拙地解释什么,而是直率地写了这样一句话。一般人会故意写一些理由的,可是只要和摄影有关,你就像变了个人似的那么坦诚。这一点也让我喜欢。

我使劲儿盯着那个你想拍下来的背影看。

这是一个我不熟悉的另一个我。

因为没见过自己的背影,当然不熟悉。但是看起来和我想象中的姿态完全不同,以至于觉得是别人。头的形状、身体的线条、姿势,要是逐一对照下去,可以用科学方法证明是我,但我还是觉得是别人。

我以为我的背影一定很羸弱,照片上却显得端正、坚定,充满信心,很坚强,不让一丝阴影靠近。

想到我的形象在你和他人的眼里是这样的,觉得有些不可思议。

既有只为自己熟知的我,也有别人眼中看到的我。

也许我的坚强超过自己的想象。你出于好意展现给我的背影给了我自信。我觉得自己更喜欢自己了。

你是怀着什么样的心情目送我从人群中走远的

呢?或许你是看透了我内心的矛盾和苦恼,故意拍下留影的吧。

我不知道你为什么送我那张照片,是仅仅因为照片上有我,还是另有打算?

不过那个是无所谓的。

要对每个行动都附加意义实在太愚蠢了。有些事是无论怎样想也找不到答案的。为没有答案的事情发愁、伤脑筋,是浪费时间。

以前我总在各种事情里寻找意义,也许做得太过了。总是那样的话,有多少条命也不够用,太费时间了。

发生毫无意义的事也无所谓,不要硬找理由。

※

我又写了很多信,你还是不回信,我知道你生性腼腆、害羞,不会给我回信,虽然理解,但收不到回信是很难过的。每次到信箱取信时总抱有一线希望,看不到有你的信,则会产生说不出的失落。情感上不肯放弃,反反复复。

我也多次对朋友说:

"太痛苦,要放弃了。"

不过,我仿佛知道自己绝不会死心。一说起"放弃",内心就会被一种说不出的心情笼罩。像对自己念咒语一样,我一次又一次不停地对自己说"放弃"。可是在心里笑话自己——根本摆脱不了这段相思情;不过是说说放弃给周围人看,内心继续偷偷地相思罢了。

有时候我也有疑问,这份思慕用语言来表达会是什么呢?恐怕不会是什么美好的东西。不,是别的什么。是一种伴随痛苦的有时甚至是残酷令人绝望的什么。叫它什么好呢?

这个世界上尽是些我不懂的事情,必须要懂的事情就更多了,真没劲儿。太憋屈了,连呼吸这个简单的动作都无法不注意到。温暖的空气一点点地沁润了我冰凉的肺。现在连这个动作对我来说都很痛苦。痛苦,痛苦,要流泪般痛苦。

※

九月残暑逼人的一天，我家养的猫死了，是老死的。当时只是悲伤，没有深入思考。现在失去你以后，我又想起了那件事。

我家这只猫，与其说是宠物，不如说是一个家庭成员。我小的时候就和它在一起玩耍，我们一起长大。

它的年龄比我还大得多，终于老得不能再老，只能凑合活着。它外出次数越来越少，总是在家里一个固定的地方睡着。

"还在这儿呢！"

说完后摸摸它的头，它就十分舒服地发出咕噜声。它最喜欢挨近主人的脚边。

八月底,年纪大得按理说不可能远走的猫没有回家。以前有时也不回来,可从未连续几天不归,再说它那个体力,去哪儿都挺费劲儿的。我越来越担心。

每天都盼望能听到猫叫,听到不管多么微弱的叫声都会出门看看,不确认音源就放不下心。

时光流逝,已经到九月中旬,那天早晨我很早就醒来,想呼吸外边的新鲜空气,匆匆脱下睡衣换好衣服走向大门。

打开门最先看到的,既不是对面的房子,也不是院子里的塑料花盆。

在大门的一角横卧着一团肉。

看到这个,一丝寒气侵袭了我。真的不能相信。不,不想相信那是真的,我战战兢兢地摸了那团肉块。

本该是温暖柔软的猫咪,在秋老虎的残暑里,躯体却不自然地变得冰凉、僵硬。

我把遗骸抱起来,无数次地呼唤它的名字,虽然我明白它不会活过来。

大概它感到自己大限已至。猫死前失踪的事是很多的,找了许多地方去赴死,结果还是费尽气力回到这个家才力竭而亡。

把临终的场所选在家门口,是因觉得这才应该是归所吧。可我们却让它孤独地死去了。

在我们家长大,它总算还是幸福的吧。

大概是听到我的哭声,父亲也来到大门边。他看见我手中抱的猫,好像知道发生了什么事。

"给它挖个坟墓吧!"

父亲也深受打击,用手指摁住眼角。

本想永远在一起……没料到它先走了。

当我们身边的生命消失的时候——我们一向认为它的存在是理所当然的——竟然是如此悲凉吗？真是如此痛苦吗？早知今日，当初应该更加疼爱它才对。

后悔的感情和昔日的欢乐一齐向我涌来。

我们一起睡午觉，在院子里乱跑，我故意把猫食藏起来恶作剧。事情近在眼前，却像回忆一些很久以前的事情一样，令人怀念。

是啊，那种心情和我现在想你的心情别无二致。

无论过多久，我都不会习惯"死亡"。

当时我硬说服自己要想通："猫已经活到天年，寿命不能延长。"可是，你就不同了。你和老猫的情况完全不一样。这是突发事件，你的消失没有丝毫预兆。我不知道应该怎样说服自己，怎么才能抑制我的悲伤。

相同的只是这种氛围，这种滋味。

猫死了，我又失去了你。我对猫的依恋和对你的爱恋完全不同，可只有我像是被丢到暗无天日的深海里的这种感受是一样的，那阴暗、潮湿的滋味是一样的。

我的心忽然空了一块，出现了一个大洞，那不是能轻易愈合的。不，心中的空白是永远无法愈合的。

猫死的那天我向学校请了假，我一直在抚摸猫的后背，什么都没吃却一点不饿，我甚至觉得还可以支撑好几天。

猫的脊背变得又冷又硬。我家的一分子再也不能弓背蹲着，也不能把头一点点凑过来了。当我想到再也听不到它那可爱的咕噜声时，一阵悲伤涌上心头。

傍晚，我们把它运到山上，挑了一个从我家可以看到的方向，埋在一棵大树下。我们造了一个简单而像模像样的坟墓，寄托哀思。

回家以后，我在无意识中依然还在找它。即使很清楚它不在了，只要听见猫叫还是会回头看。

身心都在追寻，追寻那逝去的存在。

我痛切地意识到，明知它回不来了，却到处找它的身影，让我剪不断理还乱。

猫在我心目中的地位比我想象的重要，失去它之后我才察觉到。我也曾为自己的无力施救而生气。

如今我才开始明白：有一些事情无论怎样抗争，就是难以阻挡。死亡是其中之一。

※

那时,我对是否还要继续追求你发生动摇,正打算停止给你写信的时候,事情发生了一个关键性的转机。那是十月末,我绝不会记错。那天正巧是学校文化节的前一周,我正为那不得不背的话剧台词而着急。那天我也是一只手拿着剧本,在心中默念台词来着。

我也记不清为什么那天会走上大街,只记得把手头的事情忙完后,就投入进台词背诵了。

我忽然意识到,竟然来到你们中学附近了。你们学校和我的学校在市区的两角,可能是这个原因,我似乎从未路过你学校,你也没有到过我学校吧。

我向你学校的方向走去,心想或许你经常走我现在走的路。这样一来,就像找到我们之间小小的共同点似的,真让我感到高兴。我的脚步加快了,当我意识到的时候，我已经一路小跑上了坡。

因为是休息日，校园里十分安静，一个人都没有，十分冷清。我跨过学校大院尽头的绿色植物垣墙，进入校园。学校大门虽然敞开着，但是我不愿从校门进去，说实话嫌麻烦。

我靠着垣墙呆呆地望着天空，大约五分钟过去了。那时的天空是干净的蔚蓝色，让我感到奇妙，就如同站在海底向上望水面一般。光明的世界在水面上等待我，那份光明是在阴暗的海底想也想不到的。光明世界距离我很近，用手就可以触摸，可是令人着急的是什么也抓不住。我把手一点点地举上去，让它遮住太阳，让日光和我的手重叠，手的轮廓被染得通红。当太阳隐藏到手掌后的瞬间，我发出了深深的叹息。带着秋天气味的风从我面前吹过，我慢慢把手放下来。

没过多久，我便察觉周围有动静。我听到了一种有节奏的机械声音，它打破了四周的寂静。

不，说它有节奏是假的，因为我不知道它是什么才认为它是有节奏的，那是一种结实的声音。

我被那穿越垣墙传过来的声音引导着，忘我地跨出了垣墙。外边的坡道很陡，我提醒自己注意不要踩空，一步一步地挪着脚走下去。

最后一步的时候，我想已经快踩到柏油路了，着急了一下。抬起右脚，眼前的景物就全都倒过来了。

滑倒的同时右脚已经疼得让我叫了起来。因为我左脚在潮湿的草上滑了一下以后，身体再不能保持平衡，右脚也就跟着向另外的方向伸出去，别提有多疼了。叫喊过后，一种钝痛又徐徐地蔓延开来，并且开始感到灼热。这样一来，我只能小声地呻吟，坐在地上一个劲儿地揉着右脚。

"没事儿吧？"

熟悉的声音传进耳中。我几乎不敢相信，一抬头便看见了你。

我们几乎是同时发出了惊叫，脸上露出惊异的表情仿佛是在相互询问，你怎么在这里。我错过了回答的时机,不自然地沉默着。我俩之间好像钟表都不起作用了似的,时间停住。

"你的脚,没事儿吧?"

因担心我的右脚,你才发问的吧。当我想到右脚受伤时,又一次感到疼。我在心中狠狠地骂自己,刚才看到你的时候怎么一点儿都不痛呢?

幸亏没有扭伤了脚脖子。可是,要站起来会更加疼痛,还需要过一段儿时间才能走路。

"没事的。"

我硬撑着,尽量平静地挪动身体。因为只要一不注意,脸就会由于疼痛变得扭曲。你知道我在逞强,指着坡上干草地对我说:

"你坐会儿吧。我正在拍这些花呢,别介意。"

你笨拙地、断断续续地说着。我的视线落到你右手中拿的东西上,才恍然大悟刚才声音的来源。

一架带着厚皮套的漆黑的照相机。这个等待时机大显身手的家伙,威风凛凛,甚至有些气势压人。刚才我听到的机械的节奏声就是这台照相机发出来的。

我把重心放在左脚上,尽量慢慢地站了起来。

"谢谢。"

我说着,坐到你刚才指的草地上去。

"我过一会儿就走,你不用特意等我。"

我很客气地说。怕我的伤给你添麻烦,更不愿让你浪费时间等我恢复步行能力。而且,我一个人真的没事儿。

"反正我还要在这儿待一会儿的。"

你陪伴在我身边，沉默无言地开始拍摄。电线杆旁边怒放的大波斯菊好像吸引了你。你一直通过取景器观察它们。你不动声色，既好像在想些什么，又似乎什么都没想。我不由得佩服，一个多么深沉的人啊。

你带着十分认真的表情拿着相机。神情坚定目不斜视，可以看到你蓬勃的生命力。

取景器收进哪些风景？你有什么设想呢？你肯定看到了肉眼不能捕捉的东西，那里毫无疑问有抓住你心灵的东西。

我融入了你的世界。只要注视你，就知道对你的思念有多深。

"我的照片，怎么样？"

你忽然说话，把我拉回现实世界。

你难为情地挠着头问我这个问题，那个姿势真的好可爱，把我的心都填满了。我也丢掉了刚才客气的态度，满面笑容地回答说："挺棒的。"

你问我具体哪儿好，我也毫不虚伪地直率地谈了感想。

包括领会你的摄影作品传达的精神、分享你瞬间感动的喜悦、每一张照片里都可以看到的梦幻情调、饱满的优雅心情。我把我感受到的一切都对你说了。

"是吗……"

你平平常常地点点头。不过，我知道你心中有多么高兴。即便你努力掩饰着感情，无意中也在表情里显露出来了。

后来，尽管咱俩都有些慌神儿，但也逐渐地谈起话来。我们谈电视节目、音乐。都是信里写过的东西，可聊起来还是那么新鲜，像是从来没接触过这些话题。当知道我们喜爱的歌曲竟然相同的时候，我特别高兴，觉得像在做梦。

你热心地给我这个门外汉讲了许多摄影常识，

谁的作品最棒呀，取景构图又该如何呀，连专业术语都认真地加以解释。你从基础开始教我，一点儿也不厌烦。至今我还记得所有你教给我的东西。

虽然我没有完全领会技术，但是我很高兴听你讲解。你带领我进入了一个过去我从不知道的新世界。谈起照相机和摄影的时候，你那热情的目光夺走了我的心。我真的都有点嫉妒让你着迷的摄影了。

"我想多看看你拍的照片。"

亲口这么说是第一次啊。你毫不迟疑地问我，等以后送给你好吗？我当然点头答应了。

"你怎么搞起摄影来的呢？"

我也提出了问题。真的很想问，是什么使你那样入迷、热衷此道呢？对于没有特别着迷的东西、没有特长的我来说，那征服了你的摄影爱好是可怕并且莫名其妙的。

你盯着照相机，冥思苦想了许久。然后苦笑着说：

"不知道。可是，每当我拿起照相机，心情就变得轻松，就像飘在空中或者飞翔一样。就是那种感觉。"

你口气生硬地说了上面这番话，对不对？你词不达意，显得很着急。就连这拙笨都显得很有人情味，让人觉得可爱。

你擦了一下镜头又重新举起照相机，像是自说自话，或者自言自语似的，目视远方说了一句话。你的目光隐藏在照相机的阴影里看不见，不过很奇怪，我觉得你在眺望远方。

"现实的世界和取景框里看到的世界是不同的。"

现在我总算有些明白你那时讲的话了。原来在那个时候，你就已经明白影像世界的魅力了。褪色的花也曾拥有它鲜艳夺目发散生命活力的瞬间。即使在照片里看不到拂面的微风、听不到孩子们明朗的笑声、闻不到花的甜香味道，在现实中它们也曾经存在过。

"你将来想当摄影师吗？"

我本以为你会毫不犹豫地说是，可是你摇了摇头。我又问那你还有其他想干的事情吗？你更加夸张地摇头。听到你模棱两可的回答，我故意撇撇嘴。

于是你结结巴巴地开始说了些意味不明的辩解之词："不是，不是。"什么不是了，现在想起来很可笑。肯定拼命想让我恢复好心情吧。因为你的反应太强烈，我不由得笑出声来。

你张开大嘴，惊慌失措地看着我。相机都快从手中掉到地上了，这时你回过神来采取行动"唰"的一下保住相机，才开口说了话：

"哎呀,太好了。"

你小声地叹了口气,放心似的微笑了。那时,我的心跳加快,觉得心潮澎湃。

"怎么说呢?将来的事,还不知道啊。"

你突然开口说道。过了好一会儿我才明白,这是你对刚才提问的回答。

"现在就是喜欢拍照片,仅此而已。将来的事还不好说。"

我放下心来。我本以为你比我成熟很多,原来你对未来也感到不安啊。

说着说着,话题就转到报考高中的事情上了。我问你打算考什么高中,你提到一个我完全没有料想到的学校。

不用说也知道,因为你说要报考理科高中,而我听说你的文科特别好。听到那个高中校名的时候，我都惊呆了。

你肯定是想迎接新的挑战吧，想通过学习一直不擅长的学科，来挑战自己的能力。

当时我还没有确定自己报考的学校，所以决定和你报考同一个学校。毫不犹豫。

几分钟后，我的右脚已经不怎么痛了，可以走动了。我看看表，已经四点三十分了。原来都已经聊了两个小时，我感到时间飞逝，另一方面又挖掘了连自己都不知道的潜力——竟然能长时间和你谈话。我真希望太阳不要落山，想多跟你待一会儿。我想看你沉浸在拍摄中的样子，共享周围的风景。

可是，时间还是按照一贯的速度和节奏流逝。回家的时刻徐徐迫近了。我抑制住想要待在一起的念头，努力挤出一个笑脸。说差不多该回去了，慢慢站了起来，好像是为抻开惯于久坐而忘记伸展的肌肉似的。

你含糊地答了一声，小心翼翼地把镜头盖扣在镜头上。

"今天谢谢你了,真的很开心。期待能再见面。我会给你写信的。先这样吧。"

说完以后,我颔首道别。想尽可能赶快跑掉。因为你的眼睛,越看越不想离开。
背后传来你的声音。

"那个……"

我回过头,看你稳稳地站在落日余晖里。不好意思地挠挠头,露出腼腆的笑容。

"我也很开心。你写的信,我都好好看了。"

说完,连再见也没说就一转身向相反的方向走去。我觉得怪怪的,不禁抿嘴笑起来。
看着你的身影融入落日以后,我才走开。内心深处咀嚼着你的只言片语,迈出坚实的步伐。

自那以后，我天天都充满希望和期待。为了和你考上一个高中，我每天拼命学习。在三月份以前的那五个月差不多把半辈子要读的书都读完了。

在你们学校和你巧遇之后的一周，我们学校举办了学生文化节。

这是初三学生最后的文化节，我积极地参加了。虽然是上初中以来第三次文化节，可我总觉得这次和历届不一样。我初次感到一种特殊的紧张感，它反而让我心情很好。这是初中时代最后一次盛大汇演，我的学长、学姐们也曾经在这种气氛中隆重登台，当我和他们处境相同的时候，才真正明白他们的心情。

不能只是高兴，在下面还要好好准备。事先我们商量多次，比平时更加卖力，也更强烈地希望成功。

我是文化节执行委员会委员，我在体育馆舞台的侧面一直监督着节目的进行。当我看到照明、音响有问题的时候就立即下指示。我个人的项目是在辩论会上发言，其后参加年级合唱比赛，连喘口气的时间都没有。节目顺利地进行着。不过因为日程充实,并未觉得辛苦。

如果那时我有余力仔细看看舞台前的观众席,一定会见到你。可是我被眼前的杂事困住,没有闲工夫。

文化节最后的压轴节目,是我们初三学生的话剧。

不管好坏,这次是正式表演了,一咬牙一跺脚,享受过程吧!

被聚光灯照着的演员、做了各种准备工作的人、后勤辅助人员——我身兼数职,这回再次调整角色。

把我们的话剧演成最棒的。

下定决心,登上了灯光耀眼的舞台。
再一次回过神儿来的时候,我被欢呼声和掌声包围了。看主角、配角都齐齐地站成一排谢幕之后,我终于放了心,一切都结束了。我甚至忘记自己是不是把台词都说出来了。

感动和兴奋涌上来,淹没了我。不,是淹没了整个体育场。

后台工作人员应观众要求上台谢幕,他们脸上露出发自内心的笑容,看到这情景,我心想,真是太好了。大伙儿一起成功地搭起这台戏,他们一直服从我的指挥。我对大家充满了感激之情。虽然人微言轻,成不了什么气候,但是我们在努力地活着。我越来越认定,只要站在这儿,就什么事都能办成。

※

那天晚上,我依然像做梦一样十分兴奋。你的朋友打来电话,谈到白天文化节以及我们的话剧。

那时,我才刚知道你也来参加我们文化节了。朋友告诉我,你称赞了我们的话剧。

"最棒的话剧!"

喜悦从我心底涌上来。我努力的样子能映进你的眼眸,让我有种言语不能表达的感受。

我在信里如实表达了那份喜悦。我努力仔细地描绘了文化节的情况和话剧的内容,其实你也许都已经知道了。想到你会读我的信,就不厌其烦地写了好多文化节的事。

※

又过了一周,这次是参加你们学校的文化节,我一个人去的。

当然是先看美术摄影展。我有些不安,一年以前的文化节没有初三学生的摄影作品。我有点担心,不知道今年初三的学生有没有摄影课,后来发现所有年级都参展了。

那次你参展的作品是大波斯菊的照片。我觉得那些黄色花瓣是我在你学校偶遇你那天拍的,不过时间不重要。

摄影作品的标题是"生命"。用这个标题来形容那些饱经风霜终于开花的大波斯菊,再合适不过了。在开花的植物的身上,我感受到"生命"顽强的力量。

为什么这个人拍的照片这么感人呢?为什么它

让我激动地喘不上气来呢？我目不转睛地盯着照片看，目光几乎要把它穿透。

大家都拍大波斯菊，别人肯定也不会拍得如此令人震撼。这不是技术、构图、美感的问题，而是别的。是本质上有所不同。

你的作品让我想起一年前的自己。那时候的我，看什么都难受，连呼吸都不畅。

你有没有这样的时候——想把周围一切东西都破坏掉，砸得稀巴烂？去年那个时候，我就感到好孤独、好绝望，好像神明只抛弃了我一个人似的。当时只不过经历了一次分手，却认为世界把我全盘否定。而且由于太痛苦了，甚至都觉得靠自己的力量恐怕扛不住了。

可是，回过神儿来之后，看到自己对未来充满希望地活着。我觉得周围的一切都站在我这边。这样解释连我自己都吃惊。

不过世界也许就是这样运行的，不会总让人受苦，也不会让人永远欢乐。在同一时刻，天下既有幸福的人，也有不幸的人。那时我还比较幼稚，容易被感情所左右，深信只有自己是不幸的。现在想想，世界上比那更悲伤、难受的事多得很哩。

看着你拍的大波斯菊，我的心变得更加宽容。我又一次意识到自己的狭隘，而且还开心地要跳起来。

我变了。

心里感动，突然发现自己的改变。
在这之前，我一直只想接纳你。
可是，现在不一样了。
连害怕受伤的过去的自己都可以接纳了，甚至对悲惨、痛苦的往昔时光感到怀念，能用温情的眼光去回味自己那段生活了。

我有了自信，更加喜欢变化了的自己。
就像大波斯菊那样产生了旺盛的活力。
一切都是从遇到你那个时候开始的。我觉得迄今为止，发生的种种不过是小试牛刀，从今往后的生活才是动真格的呢！因为经过了痛苦艰难的磨炼，今后无论遇到什么事我都不会消沉。

就像这大波斯菊一样。

我对着大波斯菊的照片驻足凝视。可能有五分钟，也可能是一个钟头。不过时间无足轻重。在你的摄影作品里潜藏着一种与时光流逝无关的永恒的东西。

我感觉到周围有动静，慢慢地回过头去。那儿一直有人，从一进来我就知道。

是我最想见的人。

"啊。"

我们异口同声，合出美妙的交响曲。你怎么在这儿？我为什么会来这里？我来是为了想见你吗？答案似明似暗，一种复杂而不得要领的心情涌上心头。

"又在这儿见面啦。"

你一边挂上惯常的羞涩笑容，一边说了这句话。我不知怎么害羞起来，逃避着你的目光。事到如今，回答什么才好呢？我仓促地回答说"是啊"。

"简直和一年以前那天的情形一模一样。"

我说完以后，依旧盯着照片看，照片比刚才看起来还打眼。

"可是你和那时候比，变化可大了哟。"

"啊？"嗓子里飞出来一声惊诧。你像讲故事似的平淡地说开了。因为语调极其自然，好半天我才反应过来，你讲的原来是我的事情。我看到你温和的目光里，映出你自己拍的大波斯菊。

"去年你是用眼泪汪汪的孱弱目光看照片，我感觉你完全没有气力，连活下去的信心都没有。看到你那半死不活的样子，我才和你搭话的。"

你都看到了。最理解我的不是别人,就是你。

"一年以前我真是很伤心哟!"

我爽朗地说。不为逞强也不为别的,不知不觉脸上就露出了笑容。

"那天特别沮丧,简直没救了。那天我来到这儿看摄影展,也就是想找个地方逃避一下。"

我满不在乎地笑了。

"是出了什么事吗?"

你察看着我的脸色,不紧不慢地问道。踌躇地顾盼我时,你的举止透出你的牵挂与温柔,让我深受感动。

"现在想来没什么大不了的,可当时我是很受伤害的。"

说到这里,我心潮起伏,一直压抑着的感情像洪水一样爆发了,我一五一十地对你讲了我和前男友分手的一切。

那个人,当作一般朋友挺好相处。本来很喜欢他的,但是看不出能进展到超过普通朋友的关系,而且两个人在一起,除了玩就没别的。他向我抒发藏在心里的爱情,十分沉重,我都快被他吓坏了。我明明只把他当朋友,结果反倒好像我撒了谎似的,真难受。这样下去可不行,于是我主动和他分手。我甚至还把当时的苦恼与内疚都告诉了你。

把一切都告诉你以后,我的心情一下子放松了。因为这话对谁都没讲过,这次对你和盘托出,才让我十分快乐。我从心底认为你能与我一起分担痛苦,简直太好了。

"我没什么可建议的。"

你打破沉默说道。

"很痛苦吧?"

你的话比任何高明的鼓励都更能深深地打动我的心。

"你已经帮助我把痛苦变为往事。"

我笑着说,把脸扭向你。你歪着头说:"是吗?"

"一年前我的生活中没有你,但是,现在你就在我身旁。"

我就那么说出平时因为害羞绝对说不出口的心里话。话说得很自然,所以就像聊天一样。

"我的变化也很大啊!"

你眸子不变颜色慎重地选着字眼说。我平静地等待你的下文。

"从前我什么都不想,只要每天都开心就成。可是每逢读你的信就禁不住想,这样下去行吗?觉得我也应该好好规划未来。"

你突然说出的这一席话,我听了虽然表面上不露声色,但内心里充满了惊异,而且惊异逐渐被一阵喜悦所代替。

不只是我啊。不只是我从他那里汲取了勇气和力量。从内心深处,不,从更深的地方慢慢涌起"羸弱无能的我竟然也能给别人带来鼓舞"的想法。刚觉得自己眼圈要红,大颗的泪珠已啪嗒啪嗒掉到地板上了。

"你真是个爱哭鬼啊!"

你像是逗乐可又像是当真似的说，脸上浮现出安静的笑容。

"我只在你面前这样。"

我擦干眼泪、闭上眼睛，心中反复叨念："刚才要是不哭就好了。"

"与其一个人哭，不如在谁身边放声哭更好一些。"

我睁开泪眼看你，虽然视线模糊，但确实在你细小的眼角上也看到了发光的泪滴。

"是吧。可以在信赖的人面前掉泪，是幸福的。"

我这么说，你就点头。你那使劲儿点头的样子让人觉得很可信赖。我坚信只有在你面前我才可以放松地流泪。

你看了看时间,大概快轮到你上场表演节目了。

"我差不多该走了,你可以来看我表演。"

我说:"谢谢。"你已经很久没听到别人感谢你了,露出满足的微笑。

"这回可别再跌跤了哟!"

"知道了。"

说完这句逗乐的话,你很灿烂地哈哈大笑起来。我想要不要撅嘴不高兴,可是看见你的笑脸,就没心思因为这点小事和你闹别扭了。

你走后,教室寂静又冷清,我的胸口像要爆炸似的。我又仔细地看了那张大波斯菊的照片,然后快步走出教室去追你。

※

你有没有感受过孤独?在遇到你之前我一直是孤独的。

我感觉我总是一个人。周围虽然有朋友和家人,但我总会冷不丁产生错觉,觉得好像只有自己生活在另外一个世界似的。我对自己以外的人从来就不感兴趣。不,也许对自己也漠不关心呢。

我最害怕女生之间拉帮结派,所以在班上保持中立。幸亏我的性格比较随和,大家也认同我,不孤立我。前边也提到过,我很坚强,从不掉眼泪。周围其他女孩子想哭的时候,就会流着眼泪装可爱。我做不来,我在班里被看成稳重的人——既不融入小集团又不游离在外。我和同班同学保持着微妙距离,觉得自己在班里没有位置。

位置。

对，我没有位置。家庭、学校、班级，地盘是要多少有多少。可是却找不到精神家园。世界上无论哪里都没有我的位置。恐怕这也一定是地球这颗行星上的所有人共同的不安吧！

不过，现在我终于在你身边找到了位置。在你身边，人也变温和了。这是一个让人心情舒畅、温暖的地方。只要有你在，阴暗冷清的地方也变成了光明的乐园。我不想离开你，就想和你在一起，想待在你身边，一直看你的笑脸。

可是这也成为实现不了的愿望了，真凄凉啊！

天堂是一个美丽的地方吗？你在那儿心里舒服吗？想永远住在那里吗？我想如果那是一个美丽、让人感到有些孤单的地方该多好。风景美丽的话，一定有许多可供拍摄的好景观吧。我希望你寂寞，你的身边没有我在。可没有你陪伴，我也好寂寞啊！

我不希望你习惯一个没有我的环境。别人也许会说我性情不好吧，可我就是这样想的。我不愿意让别人看见你那羞涩的笑容，它只属于我。我是不是太霸道了？照理说，我本应该对你说好好安息呀，祝你在天堂幸福什么的,对吧?

　　我可不要那么纯洁。没有我在,请你不要觉得幸福。你把我留在世上自己一个人走了,这点要求再自然不过了。你如果因为撇下我离开而后悔得不得了,那就对了。如果你不那么想,我会很伤心的。

※

　　文化节以后我们就没见面，对吧？可是想念之情与日俱增。哪怕我在你心中只像砂粒一般渺小，也会给我勇气进一步接近你、思恋你的。

　　日月如梭，终于迎来了雪花飞舞的季节。那是认识你之后的第二个冬天，时间的流逝让我感慨。

　　一天，寒风静静吹过，初雪从天而降。洁白的雪花像天使的羽毛一样，我突发奇想觉得这是上天给我的礼物。我隔着玻璃窗一边看飘舞的雪花，一边让思绪飞驰，我想你透过镜头看到的银白世界也会是这样美。我心中暗自希望，明年就能陪伴在你身边和你一起欣赏初雪了。

　　等雪融化，雪水奔流入海的时候，我就可以和你在同一个高中读书了。每当我对自己这样讲的时候，就浑身充满力量，学习更加上心了。我把和你一起上高中的决心埋藏在心底,表面上过着一成不变的日子。

课余我到处搜集有关摄影和照相机的资料、书籍。只要有时间就把资料和你送给我的照片摆在床上看,沉浸在美妙的遐想里。我也和你一样迷上了摄影。

我准备一上高中就买照相机。通过摄影和你共同享受欢乐时光该多么好啊!我兴奋地设想着光辉的未来,问自己是一起参加摄影小组呢,还是把摄影只当作休息日的娱乐呢?我和你是用摄影这条红线联结起来的。我们肯定也有其他的缘分。可是摄影结缘最牢固,它是拆不开的纽带。看着静静舞动降落地面的细雪,我想,思念之情如果像它一样地堆积起来该多好啊!

※

入学考试两周前,听说你感冒了。对考生而言,在这个时候生病事关重大,可以说是致命的。

无论多担心,我也不能给你写信。因为这是我给自己下的禁令,即使多么焦急、难受也不能破例。

多少次,拿起笔来想给你写信都没有写成。我实在感到苦闷,原来不能表达自己的思念竟是如此难受。明明自己没发信,倒盼望着你写信来,哪有这么便宜的好事呢?!我寄希望于微小的转机,希望它能引导我和你联系上。那时如果真会出现奇迹的话,那么我们就不会闯入无处可逃的死胡同了。

我抑制不住对你的思念,时常写一些绝对不会发出去的信。满眼泪水一直盯着写好的信笺,小声叹气。最后总是把信纸撕得粉碎,让上面的文字读不出来。

事到如今,我想那时最好的选择应是想说就开口。现在后悔"这件事没告诉你","那件事没跟你提起",晚矣!在世上能有人接受你的思恋够幸福了,我怎么就没早点想到这一点呢?

你竟然如此年轻地夭折了。

※

  三月还刮着凛冽的寒风,很难说春天到了。作为初三学生,我陷入准备中考繁忙的生活漩涡中。我在想,为什么大家都如此拼命、瞪着眼恨不得把对方吃了呢?我还是命令自己说:必须考上志愿的学校。如此执着的理由只有一个,那就是一定要在你身边,看到你的笑脸。

  考试当天,你接到我的信,告诉你我和你报考了同一个学科。可能是因为事先告诉过你的缘故,那天在考场见面彼此都没吃惊。我们交换了微笑,好像在说命运让我们在考场见面。

  虽然没开口说话,在眼神交汇时我就知道你在想什么。你应该也明了我投过去的眼神。

  "好好考啊!"

"你也好好考。"

在考试前紧张的气氛中,我们短暂的目光交汇也是某种异常的情景吧!来自不同学校报考同一学科的考生竟然相视而笑。

考试时间持续了几个小时。我由于努力复习过,所以信心十足。我虽然关心自己的考试成绩,但是更担心你的考试结果。我紧握着铅笔的手奋力写着答案。

考试结束,考场里有叹气声,也有欢呼声。考生涌向同一个方向,我早早地从人群中挤出来,在楼梯旁等待你下楼。

你是倒数第二个下来的,见到我以后,你仍然没有什么表示。

"考得怎么样?"

我开口问你,你的嘴角动了一下,脸上浮现出特有的羞涩笑容。

"还凑合吧。"

你快步离开了,难道你不知道我在这里特意等你吗?我错过了机会,只好呆呆地看着你的背影。当我清醒过来,迈步向前打算追上你时,你却故意装出想起什么的样子,突然小声地"啊"了一声,止了步。因为你一向冷静、从不疏忽,这次表情就太不自然,姿态十分可笑了。你在上衣口袋里乱翻,在找什么东西。

你目光盯着脚下向我大步走来,鞋底发出很响的声音,我甚至担心你撞上我。你在我面前站住了。

"这个,给你。"

你把手中紧紧握住的东西硬塞给我,都快要碰到我的脸了。我莫名其妙地接过来,你转身走进人群中。

那时我看到你的脸红到耳根,说不上是哭还是笑,一副难为情的样子。在落日余晖中,我愣了半天,因为第一次见到你脸上浮现出生动的表情。

我慢慢地将视线落在自己的右手上。

一个近于无色的淡蓝色信封。

打开信封,里边端端正正地放着一张照片。我手指微微地颤抖着,慢慢地将它取出。

穿着白色的衣裙、落在地上的冬季天使。谁见了照片都会这么想的。照片又漂亮又优雅,让人激动地喘不上气来。照片闪光耀眼,让我的心像针刺一样痛。我沉浸在淡淡的伤感之中。啊!为什么我的心绪被你的照片搅得这样乱。

翻过来看照片的反面,右下角有黑色字迹写着标题。

《初雪》。

多么简洁又贴切的标题啊。这是你少有的直截了当的态度。标题下面有你拍照的日期和时间,也就是下第一场雪那天。

那天在同一时刻,我一边欣赏初雪,一边思念你。原来你也在想念我呢。我们在同一时间仰望着天空,在积雪上寄托自己的情愫,祈愿感情上更加深一步。

我把你给我的照片贴在心脏的部位。我感到心咚咚地跳,几乎冻僵的手指也突然好像变暖了。我切实地感到了生命的乐趣,张大嘴吸气,让空气在体内顺畅地通过。然后我吐出一口气,往人越来越少的校门口走去。

※

一天接一天,我们等待发榜的日子。我比其他考生紧张两倍,因为不仅期待自己考上高中,也惦记着你。

我决定在我们两个人都考上之前,不给你写信。我对自己说,恐怕现在两个人都有些神经质,还没到写信的时候。

日月如梭,初中毕业典礼也结束了。

发榜的日子来到了。那天从早晨就下雪,大街都披上了银装,我手拿着准考证出了家门。

到了报考的高中,到处都是考生。有人在榜上看见自己准考证号,知道被录取就欢呼起来;也有人使劲儿握着准考证,静静地哭。我心不在焉地一边想自己将会怎样,一边挤进人群。

深呼吸后,我把视线集中在白色的榜上,找着自己的准考证号。我把《初雪》照片放在大衣衣袋里,手贴近它,像是祈祷一般。

有了,榜上写着我的准考证号码。

我再一次半信半疑地确认那号码,心想是不是做梦呢——一一地对照数字看,号码没有错。

"考上了!"

这句话重复了多次以后,才有了"这是事实"的感觉。欢乐涌上心头,脸上的表情也放松了。

从考生堆里钻出来,我靠在校门的边上,用揉搓得起皱的准考证遮住脸,蹲下来偷偷地笑了。

好高兴!

也就仅此而已。

※

接着就只须等你的结果了。在你发榜那天晚上,我一直很留心手机来电,因为你的朋友将会和我联系,我知道你不会主动打电话给我的。

我一会儿看手机,一会儿看看钟,聆听自己越来越快的心跳。我觉得这样的状态持续了好久好久。

手机铃声响了。

我使劲儿按下手机的按钮接听电话。

你我之间联系人的声音从远处传来,他把要说的话重复了好几次,我真怀疑自己是不是在做梦。

你的朋友说出了我最希望听到的话。

"考上了!"

也许你的朋友觉察到我的声音在发抖,或许他想多说也无用，他只告诉我这个消息就立刻挂断了电话。我也悄悄地放下手机。

我扑上床，头埋在枕头里边。我感到脸上发烧，惬意地喘不上气来。

我猛地站起来走向桌子，拿出给你写信的专用信纸和信封。我平常写信一定要先打草稿的，只是这回我忘记了，完全忘我地奋笔疾书，写上了我考上高中的消息，也好好祝贺了你一番。

我写了信。其实无论考试结果如何，这封信原本就打算写给你的。同时把我的最后希望也写在上边。

※

你还记得在那封信里我写下的希望吗?应该不会忘记吧!那是你临终前最惦记的事情。

我想见你。想说一些祝贺的话,哪怕是一句"恭喜你"也好。不知你会不会来,我想通过这个愿望让自己的感情有一个归宿。

我把你叫出来,在信里写了约会的日期、时间和地点。我还谨慎地添加上一句:如果有其他要紧事就去办,没关系。然后最后写上:

"你要是不来,就不喜欢你了。"

那是开玩笑。主要想逗你这个总不给我写信又不遵守约定的人。

我心里最清楚不过,我绝不会不喜欢你。我一点也没想放弃你。那时候从我身边夺走你的话，我就什么都没有了。

我只是想给你增添哪怕一点点烦恼，一点就行。我一直迷恋你，又被你的态度搞得很伤脑筋。总是我一个人主动。当时写信的时候我任自己图个痛快。

本来只要一点点，一点就行。

※

充满希望的日子就要来到了。这之前不好打发的漫长假期变得短了起来，时间过得飞快。告别恩师、定制新的高中制服、准备入学。在匆忙的日子里，未来切实地在我眼前展开。

关键的一天。是啊，我万万没想到改变我人生的那天正在逼近我。

※

这一天终于来到了。

那天早晨,太阳发出耀眼的光芒,那是一个比往日都美丽的早晨。呼出的气一瞬之间就染成白色、清纯的空气,让人屏住呼吸的肃静,构成了这个美丽早晨。我面前的景色美得无法形容,好像它们的存在就是为了在我面前展现似的。可是,由于四周过于肃静,又给人一种要出什么事儿的不祥预感。

今天无论如何也要给感情做一个决断,无论你来不来,以后也绝不拖下去了。

我心中暗下决心,从家里走出去。

我向信中指定的地点走去。在规定时间前三十分钟到达,在你来之前我想了消磨时间的办法。开始观察周围的事物,发现了各种故事。

等待主人归来的拉布拉多犬、在冰上滑倒的小男孩、一个女子看起来像男孩子的妈妈在哄劝要哭的孩子、飞来飞去与天空试比高的小鸟。寒风静静地吹着裸露的树枝、快速移动的流云、头上无边无际的天空。过去也许我忘记了应好好留心眼前的事物,也许我忘记了普通生活就是幸福。而此刻,我找回了这种体会,把曾经毫不相关的世界与我的世界联系在一起。

约定的时间一点点地迫近。我一边看手表,一边把身体自然地转动三百六十度来寻觅你的身影。虽然也有你不来的心理准备,但我内心仍然期待见到你。

每一秒都像永恒那么长,然而同时,时间又像是疾驰一般地流逝。矛盾的时间仿佛嘲笑我一样从我身边经过。

钟楼上的指针显示已经到了约定的时间,我叹了口气,不出所料,你还是不来赴约啊。

就在这一刹那,我的心好像被撞击了一下,不知是怎么回事。从未感受过的不安一下子涌上心头。那不是心情所致。心脏都好像被冻住了一样,我确实感到非常不安。不过,那只是瞬间的事,立刻就恢复正常了。

我一边调整不均匀的呼吸，一边沉思刚才究竟是怎么回事。是不是我的身体不舒服？不，不像是。虽然我没有过临终体验，可有种感觉就像是马上要死一样。如果有人来问我，那是什么感觉，我也说不上来。我被一种担心、害怕的心情笼罩着，不禁想到是不是发生了什么灾祸。

我使劲儿地摇头，想把这种预感从头脑里清除出去，可是不安的感觉没有消失，反而更加厉害了。

我深深地吸了一口气，再度确认时间。"再等一会儿吧，只一会儿。"我这样对自己说，嘴里吐出热气来温暖自己的手，并从大衣兜里掏出照片。

那是你给我的《初雪》的照片。我走到哪儿都揣着它，让自己的心情安定。

过去我只消看一眼这照片就能安心，现在它也不能宽慰我了，只有见到你的笑脸才能够驱散我心中的阴云。

街上的人不断地在我眼前出现又消失、消失又出现。有人和我一样在焦急地等人，在忍受刮过来的寒风,盯着涌过来的人群。

我和那些人有一个根本的不同,就是我没有露出看到所等的人的笑脸。有的人比我来得晚,可是十分钟左右就等到了对方。两个人相亲相爱地手拉手走了。广场上瞬间留下了他们绽放的笑脸。

我望眼欲穿地等着你,对自己说"再耐心等一下吧"。我一个人静静地盼望你的到来,等你的身影让我露出笑脸。

在这期间,拂面的冷空气变成刺骨的寒风,天空由透明的淡蓝色变成悲情的血色黄昏。

太阳快落山了,我死了心,知道你不会来了。好像早就知道你不来,可又不信服。

"这就是打赌。我仅仅是赌输了而已。"为了让自己这么想,我拼命点头,在反复点头的行动中,我好像也能想通了。

结果我在那里等了三个钟头。当冷空气开始包围我时,我拖着沉重的身体走上归途。那种要把我压垮的不安还残留在心里。无法抗拒的黑暗从后面紧逼我。

※

　　那天晚上，我因极度不安不能入睡，白天侵扰我的恐怖与暗夜重合在一起，让我害怕得发抖。我把你送的礼物全部放在枕边，弯着手臂拥抱着它并闭上了眼睛。你的笑脸在黑暗中浮现眼前——那是我记忆中的你。我忽然快乐了。

　　我一边想着你，一边进入了梦乡。

　　我梦见了你。

　　你和我在空中翱翔。奇怪的是，虽然看不见翅膀，却一点不觉得害怕。我们飞在一个空无一物的世界里。

　　"去哪里呀？"

　　我静静地问你，像一个努力让孩子平静下来的母亲一样。

"不知道。"

你面容很悲哀地微笑,在你的瞳孔的某个地方有一丝阴影。

"你想干什么?"

你什么话也不说直摇头。我也明白了我们仅仅是在空中盲目地飞而已。

"你只是想在空中飞吗?"

与其说我在问你,不如说是说给自己听。你点了点头。

我们都在天上飞。不,不对。在那个时候我发觉情况有些异常。

这是一个深蓝的世界。我们都在海底游泳。原来我一直都不知道。当我发觉我们是在海底的瞬间，一种肺部要被憋炸的感觉侵袭上来。我的身体向水面移动，为了吸到氧气，我把头伸出水面。突然我周围的世界布满耀眼的光，我失去了知觉。

※

我像被放在沙滩上的鱼一样喘不上气来,于是醒过来了。周围景物仿佛像是在水里一样变了形。我还没有彻底醒过来。

我身体里残留着沉重的疲劳,大概是昨天太累的缘故。有一种发高烧时特有的感觉,连手指头都懒得动一下,慵懒正在侵蚀我的身体。可是并不是身体不舒服。

我脱下粘在身上的睡衣,像剥去一层皮。当我摸到留有体温的湿乎乎的睡衣时,才发觉自己流了许多汗。好不容易换完衣服,我走下像石头一样冰冷的木楼梯。

起居室里一个人也没有,因为没有食欲,我把家人为我准备的早餐放回冰箱。打开自来水管,把微温的透明液体注入玻璃杯。我叹了一口气,一下子把水喝光。

屋外雪花纷纷落下,迎接着一个平静的早晨。如此安静,几乎让我怀疑昨天你没来赴约是假的。

正当我心不在焉地观望窗外的景色时,一种不自然的机械音打破原来的静寂。我吓了一跳,转过身紧盯着发出声音的黑色物体。

"不能接这个电话。"

本能这样告诉我。

我又想,没什么大不了的,就循着不停的铃声走去。我的身体本能地变僵硬了,一举一动都很沉重。

等了一秒钟左右,我把手机拿起来放到耳边。手机凉,我打了个冷战。

来电话的人是你的朋友,就是通知我你考取高中消息的那位朋友。他断断续续地告诉我一个让我绝对不能相信的消息。

你死了。

你从这个世界上消失了。

我怀疑自己听错了,不知道他在说些什么。

死了。死了。死了。

我在头脑中重复这个词。

"瞎说的吧?开玩笑吧?别跟我开这种无聊的玩笑好不好?突然说什么死了,真是的,好端端的。"

我不能理解朋友的话,呆呆地站在那里。手机从手指中滑下去,落在地板上发出钝响。

我浑身无力,一下子坐在地上。听到从手机里传出了"喂、喂"的喊声。

我好不容易将手机拾起来,又开始通话,已经记不得我说什么了。再等我清醒过来的时候,朋友和他的姐姐已来我家接我了。

在他们来之前,我一直在发抖,我失去了思考能力，只是紧握着铃声不断的手机。当然，我没有了时间的概念，不知道它是怎么流逝的。好长时间，我一直是那种状态。

过了一会儿，我听见刹车的声音，又听见有人按门铃。我慢慢站起来，一只手拿一件大衣，向大门走去。

打开大门，你的朋友脸色苍白地出现在我面前。我用呆滞的目光看着他，轻轻地点头。我用微微颤抖的手指锁上门，穿上大衣，忘记关上电视机。

朋友把他所知道的一切都告诉了我，他认为我应该知道这一切。

我知道你在医院。外面雨雪交加。虽然汽车的风挡玻璃上雨刷不断地摆动，雨雪依然迎面扑向车窗。我木然地望着融化的雨雪化成水流下去。

朋友告诉我你出了交通事故。具体情况他不知道。可是，对于我来说，与其说想了解你是怎样死的，不如说想彻底搞清你的死讯是不是真的，我还不能接受这个事实。

车内弥漫着沉重的空气。谁都不开口说话，默默地注视着车窗外的景色。这是我第一次感受到这样的气氛。你的朋友、你朋友的姐姐（她大概还不认识你）和我，因为你的死，三个人形成一个奇异的集体。似乎只有我们三个人活在另一个世界里，我觉得肝肠寸断。我被卷入一个奇怪的漩涡，甚至不知道自己将奔向哪里，一个人孤独地伫立在既无时间又无空间的地方。

也许人死去的时候就是这个样子。我虽然不确定，但就是有这种感觉。

过了一会儿，我们来到市内的医院。我抬起头来看着医院的白墙，一边想：这就是一只白色的盒子。被封闭在白盒子里的是一些人。让人等死的空间。它被一种独特的空气包围，我的心告诫自己不要靠近它。可是，我控制住这种感情，慢慢地向它靠近。

医院里的通道像迷宫一样复杂，一个人找不到路，朋友一个劲儿在前头走，我只好紧跟在他的后边，好不容易才来到你的病房。

下边的事情我不想再回忆了。这是做梦，噩梦。

是的,今天我仍然认为那是一场噩梦。

可是无论多么痛苦难受,我还是要继续写下去。我必须将当时的感情用语言表达出来。软弱的我只能给你写这封信来表达了。

※

　　你的病房里有三个人。四十岁左右的男性和女性，还有一个小学一年级学生模样的男孩。我立刻明白这些人是你的家人。他们都和你一样有温柔的眼睛。

　　你的母亲一直在哭，眼睛红红的，轻轻呜咽着。你的父亲坚定地用手扶住她颤抖的肩头，咬住下唇竭尽全力地站立着，眼眶里饱含眼泪。你弟弟不知所措地一会儿看看我，一会儿又看看父母，不知发生了什么事情。我的表情一定也和你弟弟一样，不知所措。那时我似乎不能理解眼前发生的事。

　　朋友的姐姐在病房外等候，我和朋友两个人进了病房。吸一口周围阴沉而悲伤的空气，我们的心情变得格外复杂，好像接受这个现实，又好像还没有接受。

朋友向你的父母问了好。我也用嘶哑的声音报了姓名,向他们鞠了躬。

我抬头看,你父母正睁圆双眼面面相觑,然后又死盯着我的脸。你母亲双唇开启像是想说话的样子。你父亲像理解了什么似的一个劲儿点头。后来我才知道他们为什么有那种表现。

我的视线移向了在病床上静静卧着的人身上,他脸上遮着白布。这个情景和一个电视剧的场面像极了,我认为这简直是虚构的故事。我发觉自己的手指在颤抖。过去认为将会很远的事情现在就近在眼前。

我不想看白布遮盖的那张脸。在朋友掀开那块白布以前,我把身体转过去。即便如此,因为我的敏锐的感觉让我把身后的动静也听得一清二楚,所以我用冰凉发硬的双手塞住了耳朵。

我后背感觉到朋友的动静,他也好像吓得屏住气。大概他第一次看到死人吧,我想他脸上一定充满了恐怖和悲伤,他的表情生动地浮现在我的脑海中。

过了几秒钟,朋友无力地拍打了我的肩,我回过头去,看见他面无血色地看着我,样子好像就要摔倒似的。他告诉我他会在走廊等我,就离开了病房。

这回轮到我了。

我用力深深地吸了口气,轻轻地揭开了白布的一角。我闭上双眼想起你的笑脸。不对,不是想起,你的笑脸我一直都铭记,它从未从我的心中消失过。

我小心翼翼地伸出手去拉布。在你家人的注视下我感到难堪,动作生硬不自然起来。

轻轻地把布拿开,一张完全出乎我预料的脸露了出来。

长长的睫毛——

薄薄的嘴唇——

小巧的耳朵和鼻子——

它们的确构成了你脸的要素,然而,看上去却完全不像你了。也许是那总在支持我的温柔的双眼隐藏在厚厚的眼睑下的缘故吧。

你带着稳重的微笑,笑得那么温柔,让我感到我在做梦。就好像过一会儿你就会睁开眼睛似的那种微笑。

你去世了。

我切实地感觉到了。即使看起来像在睡梦之中,也总觉得你有些异样。因为我感受不到你的"心"了。

我提出要求让我摸一摸你,你的父亲答应了。我静静地盯着你润泽的脸,深深地吸了口气,把手指移动到你的脸旁边。那张脸我看得很清楚,然而我的手指移动得很慢,就像树根在地下慢慢地伸展寻找一滴能够救命的水一样。

在手指接触到你脸庞的瞬间,我的全身发出难以形容的战栗。按理说,刚从外边进来的我,手指应是冻僵了,然而你的脸比我的手指还冰凉。没有一丝温暖,像是覆盖了一层冰。我领悟到在这个身体中已经没有你了。触摸过变成躯壳的你,才知道你已经死了。

为什么会变成这样?
为什么你竟然……
快点告诉我呀!

我在胸中呼喊着,然而我却什么都没有做。我愿意认为你还活着,所以连悲伤都不会了,始终干站在那里。抚摸你脸颊的手指都变成了冰串子。

奇怪,为什么我哭不出来?是因为没有切实感觉到你死了,还是因为不想在旁人面前哭的缘故?或者是没有余暇流泪呢?我也搞不清楚。

我在心里呼唤你。我想如果在心里叫你的话,你就能回答我。可是,我根本听不到你低沉的声音,只感到一片黑暗。

我把白布遮盖住你的脸,让它恢复了原来的样子。我的手已经不抖了,动作准确到位。

谢谢!

我对你的家人表示谢意。深深地低下头鞠躬,表达我的感谢与吊慰之情。你的双亲也微微向我点了头。

我感受着沉重的空气,拖着发出吱吱嘎嘎声响的紧绷的身体。在打算回去的时候,我听到了一个纤弱的声音叫我等一下。

我回头看见你母亲,她手里拿着手绢向我这边张望。是不是有什么话要说呢?可是她只是对我喃喃细语道:"举行葬礼的时候你能来吗?"

她的思绪好像还没有整理好。

你母亲向我投来温柔的目光,她的目光和你的目光重叠起来让我感到难受,我不由得躲避她的目光。这眼神是那么纯洁美丽而哀伤。我轻轻地点了点头,像逃走似的离开了她。如果继续待下去的话,我将会被卷到一个很大的漩涡里逃脱不出来。我在心中悄悄地叨念着——

如果我有精神准备,

面对现实的话,

那时我一定参加葬礼。

我留下自己的心声,悄悄地离开病房。

我走出房间,深深地吐了口气,感觉好像从巨大的寒流中解放出来。

我对朋友说,"我到外边吸口新鲜空气"。立即沿着来时的走廊返回。

我知道朋友会吃惊地阻拦我,我甩开他走起来。一直站在那里等我的朋友似乎在问:"这种时候单独出去?"我太理解他的惊异的表情,感到胸中隐隐发痛。即使这样我也没有停步,继续向外边走去。

我没有工夫看迎面走来的人,谁也顾不上我,时间就这么过去了,我无意识中想到我们仅仅是偶然地存在于同一个场所——集合在医院这个白色的方盒子里。

待我回过神来,发觉自己已经走出医院了。首先进入了我的眼帘的是雪的残骸,雪本应洁白的,但已被汽车尾气污染了。

这条街真的很脏啊!

我的肺里充满了肮脏的空气,剧烈地咳嗽起来。为了避免看这肮脏的世界,我抱膝坐着,埋下了我的头。

没有你,我活在这个世界上毫无意义。

我轻轻地挺直腰站起来,像是被一种看不见的手牵引着稳步向前。

你去的那个世界比这里更美吧。

我的表情一定很呆滞。我用力踩着灰色积雪一个劲儿地走着。

我的瞳孔里闪过无数影像。白、黑、红、蓝,这是飞驰过去的车的颜色。这样想的时候,我已置身于车流当中了。

我用眼角瞥见一辆车,它蛇行地接近我,我慢慢地转动脑袋将视力集中,盯着它看。

一切像电影里的慢动作一样展现开来——

急驰过来的汽车;

驾驶员座位上的红脸;

一动不动地等待灾祸降临的自己;

被云覆盖的天空;

近于黑色的积雪;

流动的人群;

像刀子一样投过来的视线;

身后白色盒子似的医院建筑。

一瞬之间,我被刺眼的光包围,不由得一下子紧闭上眼睛。尖锐的刹车声响得几乎刺破耳膜。我被狠狠地撞了一下,身体一下了变轻了。

这就叫被车撞了吧?

不知为什么当我的身体悬空之时,我竟然能平静地闪动这个念头。

当我身体被抛到地面发出闷响时,全身到处都很疼。并不是所有的东西都变成漆黑一团,当时我看到的一切都特别美。

这样,我终于能和你在一起了……

我把周围的吵闹声音和惊叫声当作催眠曲,伴随着轻微的疼痛,深深地陷入睡眠状态。

※

我做了梦。

关于你的梦。

那是从前梦的继续,还是我们两个人在黑暗的海底散着步,又好像在飞,因为我感觉和在天上一样。

唯一不同的是,明明知道是在海底,但一点儿也感觉不到窒息。我们只是很平静地走在无边无际的海底。

"我们去哪里?"

我又在问同样的问题。

"去那个世界。"

你指着前方黑暗处一个小小的发光点，告诉我，而且露出了寂寞的笑容。

虽然我在想，也许再不能看到你羞怯的笑容了，但是我不能问你。

"你想干什么？"

我试着问你。你和从前一样摇摇头，使劲儿盯着我的眼睛。你的目光是那样清澈、直率，我只能躲避。

"你呢？"

你忽然反问我。

"你想干什么？"

我凝视着黑暗的不毛之地说：

"我只想保持现在这个样子,和你走一走就行了。"

"永远保持现状就好。"我一边盯着黑暗里唯一的光明,一边这样想着。

我们默默地走了一段时间,虽然没有交谈,但是我感到我们的心是相通的,所以很放心。和你之间的默契,使我的心一点点地融化了。心融化了,变成泪水从眼中流出。

明明是在海水中,但是在记忆中却留下泪水顺着脸颊流下去的感觉——

那是温暖而亲切的。我本应该既无悲伤、欢乐也无悔恨的,但却是泪如泉涌。

"又哭了!"

你看着我微笑地说。

"你不是也哭了吗?"

我回嘴说,大声地耸动肩膀吸了口气。

在你瞳仁的一个角落溢出无色的水珠。看了你的眼泪,就会觉得连海水都肮脏丑陋无比。世上没有东西比你的泪水更美丽、更如梦了。

当我们接近那亮光,到达伸手便可触摸到的距离时,你静静地说:

"我们在这里告别吧。"

你的表情中渗透出一种寂寞,好像已经参透了某种事理一样。

"为什么?"

我从喉咙中挤出低沉而嘶哑的声音,尽量保持不让它颤抖。你用温柔的目光盯着我,好像说"这,你应该明白"。你的动作十分优雅,我微笑了。不知不觉地想,这太像你的风格了。

"我想和你一起走。"

我拿出最后的勇气说完后,你静静地摇摇头告诫我。

"还不是时候。"

你的声调比平时严厉。

"我们会见面的。"

这样说了之后,你就消失在那片光亮之中。

"等等我……"

晚了一步,当我想追上去的时候,身体受了很大的阻力又被推了回去。转瞬之间光明消失,我的身体被水流带走。

我在心中不断呼唤你的名字,拼命地伸出手去。
抓住的仅仅是温暖的水。
我闭上眼睛,觉得好像看到刚才那线光明。

※

很长时间，我一直处于这样的状态。

张开眼睛看见的就是苍白的天空。不，不是天空，我突然发觉眼前是天花板。

刺鼻的消毒药水的味道和独特的氛围让我知道自己是在医院里。与此同时，因为我没能够步你后尘，还痛切地感觉到遗憾。

身体各处都很疼，想坐起身来，但是力量立刻分散开。即便如此，我还是一点点地让肌肉活动起来，勉强地用笨拙的动作撑起了上半身。

母亲在病床的旁边睡着了，她在椅子上弓着背，头朝下睡着。大概她一直在等我清醒过来吧。看起来极度疲劳。

"妈妈。"

我在身体虚弱状态下,竭尽全力地喊了一声。母亲听到了我微弱、嘶哑的声音,身体一哆嗦。

母亲醒了,看着我的脸。她摸着我的脸和手,证实我还活着。她边哭边说:"已经没事了吗?能坐起来了吗?"

"没事儿啦,已经算不了什么啦。"

我用僵硬的脸部肌肉挤出一丝笑容。母亲看到我的样子好像放了心,按了枕边的电铃。

过了三十秒,病房里出现了穿白衣的男女,两个人看见我坐起身,对我露出了笑容。我模模糊糊地猜到他们是我的主治医生。

男医生向我提了一些很愚蠢的问题,我无可奈何地回答了。他是在测验我脑部有没有异常。当他判断我没有留下任何后遗症时,用力点了点头,并且对我笑了笑说:"你真走运。"

我果真走运吗?想步你后尘,撞了车却没死

成。实际上在这个时候,我难道不是世界上最不幸的人吗?我只能这么想。

男医生出去以后,女医生接着向我提了以下问题:被车撞的状况、时间以及我能记住的一切。我也没什么特别想隐瞒的,如实地回答了。

我讲完了以后,女医生告诉我在现场目击证人的话。他们看见一个少女想横穿马路,而一个醉酒的司机驾车按"之"字形前进,撞了少女。在周围的人看来这完全是一场交通事故,谁也没认为我想自杀。一个毫无过错的女中学生被卷进事故当中,归根结底就是这么一回事。

"你为什么待在马路上呢?"

母亲像是要安慰我似的温存地问。那种温存与你的温存完全不一样。

如果说起你,周围的人会同情我吧。可是我对谁也不能说。

我只告诉他们:

"是因为有要紧的事。"

我对白衣女人说了一通后,她也走了。她用处理公务的速度很快地结束了问讯,她只待了一小会儿,让人怀疑她是否来过。

不知不觉间,外面的天空已被晚霞染红了。不管你是从这个世界上消失,还是我徘徊于生死之间,时间依然流逝。

母亲问晚上是不是要陪伴我过夜,我拒绝了。我推说身边有人睡不着觉,母亲相信了,于是她回了家。

※

我一人在病房望月亮,感觉那个夜晚好漫长。
无意中我想起那个穿白大褂的男人的话:

"你真幸运!"

那个男人毫不迟疑地说。
我看着淡淡残月小声地叹气:

"真可怜!"

我不知道这个感慨对谁而发。是对从这个世界上消失的你,还是对没能步你后尘的我,或者是对留在世上的你的家人?我心中充满了这种悲伤。望着夜空中的残月发呆,这是我唯一能做的事情,我感到了自己的软弱和无能为力。

一切看起来都那么黑暗。
无论什么事物都失去色彩。
从自杀未遂那天开始,我反复问自己:
"你为什么不把我带走?"
如果和你一起消失该多么幸福啊!

※

对不起,说着说着,我就开始责备你了。你又没有错。

下边继续写你不知道的事情吧!

第二天,我的身体活动自如,该出院了。同样被车撞,你失去了生命,而我仅仅有一点擦伤。我真恨那神明,不知他们到底存在不存在。

马上要出院了,有人进了我的病房,站在那里。

我抬起头一看,原来是你的朋友。正好母亲不在身边,于是我们就毫无顾虑地交谈了。

"今天是他的葬礼。"

你的朋友这样说。他认为只要告诉我,我一定会去。

可是，我说不去："现在这个样子，我去不了。"
朋友睁圆双眼再次追问。可是我依然摇头。

"等平静下来，我一定会去他家，你就这么转达给他的家人吧。"

朋友表现出一副不能理解的样子。看我态度坚决，他就不再说服我，默默地点点头出了病房。

我坐在那个铺着白被单的病号硬板床上，一小口一小口地吸着气，然后慢慢哀叹。

不是不想参加你的葬礼，我只是感到以现在的身体状态去的话，我会崩溃的。

肯定会有人在葬礼上因思念你而哭泣，有人会语塞说不出话来。比你年长的人，老师、亲戚将哀悼你。看着他们的样子，都令人心痛。光是想象一下眼圈都会发红，如果我到葬礼上去的话，不知会做出什么事情。

我在母亲的陪伴下出院了。

没能参加你的葬礼,实在对不起。

我为了获得你的原谅,在心中向你下跪了。
那天夜里,我也一直眺望着月亮。凭着我的记忆想着你,半睡半醒地迎来了清晨。
第二天,刚刚出院的我走出家门。当然,是去你家。

"要注意来往车辆哟!"

母亲在我背后叮嘱我,语气比平时要郑重许多。我快步走出家门,深深地吸了一口带着春天气息的空气。
你离开已经五天了。
我的头脑仍然不灵活,精神恍惚,但是比刚得到你的死讯时强了一些。那时我看什么都是灰色的,现在那灰色的世界恢复了一点颜色。
一定是因为陷入昏迷时做了梦的缘故。
你在梦里向我告别的时候,我领悟到你的死亡已经是不可动摇的事实了，我从内心深处认了命。有时候人无论怎样努力也逃脱不了命运的安排。

我乘坐公共汽车去你家。前一阵天气已经春意盎然了，而今天却沙沙地下起雪来。我呆呆地想，这大概是残雪吧。

我在公共汽车里坐了十分钟，车身晃动着。大概把我晃晕了，我掌握不好时间，所以记不清楚了。不过，手表上显示经过的时间是十分钟。

我从朋友那里打听到了去你家的路，知道要经过你的母校，虽然我有思想准备，却还是紧张地喘不过气来。

一想到今后恐怕永远也不会再去和你相遇的那所学校，我甚至感到深深的寂寞。融化了的雪和不断落下的雪花搅在一起，胶着在路面上，我下意识地在泥泞的街道上跑了过去。

你家庭院整理得井井有条，十分雅致。我微笑了，它和你的作风那么一致。

我按了门铃。

"谁呀?"

通过对讲器我听到了纤弱的声音。那是耳熟的女性声音。我意识到这是你母亲,就报出了我的名字,却担心她会不记得我。

隔了一会儿,我听见她回答:"请稍等。"我放了心,她是记得我的。

当你母亲出现在我面前的时候,我想你和你母亲还是相像的。你母亲比我上次见到时更憔悴了。虽然不至于病倒,但是能感到她很累。

"请进。"

门开了,我进了你家。

佛龛里供着你的照片。照片上的你微笑着,看起来有些强颜欢笑的样子。真正的你笑得更温柔些。

我先道歉说:

"不能立刻拜访您,实在对不起。"

你母亲立刻接上一句:"没关系。"又说:"你不是也遇上交通事故了吗?"

尽管话里没带刺儿,我也有负罪的感觉。同样遇到交通事故,为什么单单我活了下来?我甚至认为自己活在这个世界上是一种罪恶。

"实际上我有话要对你讲。"

你母亲让我坐下,给我端出热红茶。我冻僵的身体慢慢暖和起来。

"什么事?"

你母亲好半天不开口,我催促似的问她。她大概正在冥思苦想,听到我的问话才"啊"一声,把精力集中到我身上来。

"真对不起,最近我老发呆。"

你母亲呷了一口红茶,小声地叹着气。动作显出她很疲惫。

"对于那孩子的死,我至今还不能相信……"

我静静地点头。

"可是,我还是有话想和你说一下。"

你母亲直视着我。我想今后无论她人变得有多老,这锐利的目光都不会改变吧。你母亲在难以消除的痛苦中说起你遇到的交通事故。

※

发生交通事故的时间正好是那天约会的钟点。那天我心乱如麻不是因为我心情的问题。我不由得想,果不其然,我和你心有灵犀啊。

没有想到命运竟然令我落到如此地步。早知道有今天,为什么要相信命运呢?

"那孩子的房间我还没收拾,如果愿意的话,你去看看吧!"

我抱着疑问随她上楼去你的房间,为什么你妈妈刚和我见面就告诉我那么多事情?为什么对我那么亲切呢?

你母亲的视线投向楼梯的左侧,我的直觉告诉我,这是你的房间。

"如果那里有你喜欢的东西,就拿走留个纪念吧。"

你母亲说完就要离开,我连忙叫住她,对她的背影发问:

"您为什么对我这样好啊?"

你母亲站住,没有回头,她那纤弱的肩颤抖着。

"那孩子临终前呼唤你的名字来着。"

她就说了这么一句,便下了楼。我一直目送她的背影,然后拧动了门把手。

你的房间相当整洁,不像男孩子的房间,要说没有收拾起来的东西,就是翻旧了的风景照画册和几个胶卷。我充满温情地想,你真喜爱摄影啊。

我坐在你曾经睡过的柔软的床上,我闻到了你的气味,它一下子飘过来包围了我。

这是你生活过的空间,你本应当在这里的。

我静静地吐着气,这回站在你的书桌前,我一边想象你坐在这里的样子,一边在椅子上坐下。
你坐在这里的时候都想些什么呢?
我把脸贴近冰冷的桌面抚摸着它。
我用空洞的目光扫视周围。我向四周张望,感到你就生活在这个空间里。
我的视线落到脚上,看见桌子的抽屉半开着。我好为难,要不要打开它呢?在无意识中,我就动手打开了。

※

　　看到抽屉深处存放的东西，我不禁热泪盈眶。

　　我花一年半时间写给你的信都整整齐齐地收集在那里，一封也不少。你很重视我的信，它们都被光明正大地存放在固定的位置上。

　　一堆你没有发出的回信和我的信面对面地摆放在那里，让我一生都忘不掉。

　　我把放在最上边那封信的信纸悄悄地抽出来，信纸上写了几行字，内容是回复我的最后一封信。"我不能去，你可别讨厌我，对不起。拜托。"

　　那些字绝对说不上好，甚至有些拙笨。

　　我肩膀抖动着，充满了悲伤和痛苦，不出声地哭了。大颗的泪珠一个劲儿地往下掉。

我在信里曾经写过：你不来的话，我就不喜欢你了。

我根本没想到你把我的玩笑如此当真。

当然，这封回信虽然没有寄出，但是它里面的话赫然进入我的眼帘，上面写着道歉的话和"你可别讨厌我"的缠人词语，显示出写信人的焦急心情。

我用双手遮住面孔。

"对不起，请原谅我吧，原谅我吧，原谅我吧。"

"是我让你痛苦的呀！我怎么道歉也无济于事啊！"

你母亲告诉我的"临终前他还叫着你的名字"这句话在我的脑海里翻腾。

你当时是一种怎样的心情呢？是不是直到临终还对我有负罪感呢？

我干了一件不可挽回的蠢事。

也许不写那些玩笑话，就不会让你痛苦了。我深深地感到后悔。可是在内心深处我明白，无论怎么后悔为时已晚。

我把那封信和其他差一点就付邮的信放进了书包里。书包里有我写给你的信和数量相同的回信。

我看到放在桌边的相册，里边杂乱地放着你拍的照片。慢慢地打开它，让我吃惊的是第一页就是肥皂泡的照片，它曾经让我和你相识。我几乎窒息了。我小心翼翼地把照片取了下来，如同取一件非常贵重的东西。

这是我十分欣赏的作品，它是一切事情的开始。

你在照片后边写的词句表达了你的心情。

"这是让我和她相遇的照片，我一辈子也忘不了那天。"

下边写上了日期和我的名字。在读到这句话的瞬间，我明白我想错了。

"原来你临终喊我的名字是因为思恋我啊!"

呼唤我的名字能照亮你去天堂的路吗?我强烈地希望如果能那样就太好了。我不是你的家人,也不是你的朋友,而临终前你却叫我的名字,这真让我高兴。对我来说几乎等于奇迹,不,比奇迹更有价值。

我悄悄地把照片也收进了书包,我仅仅是看了看其他的照片,尽量努力不破坏你相册的布局。

我长时间地木然地环视你的房间。所谓"长时间"就是我觉察不到时间的流逝,只是在那里发呆。如果把它称为"永远"也很合适。我精神恍惚地想:永远就是由一个个瞬间构成的。

我打算回去了,走到房门口时,一阵细小的咔哒声阻止了我。

我回头见床下有一个黑色的东西。我纳闷地想:刚才我怎么没看见呢?我小心地把它拿出来。此时窗外雪花飞舞,我通过取景器眺望雪景。

只是瞬间,
一瞬之间我看到了你。

我无力地放下照相机,坐在铺着地毯的地板上,我哭了。
我哭得肩膀上下抖动,大口地倒气,哽咽着继续哭。

求求你了,回来吧!
再让我看看你的笑脸!
我不需要你留下来的什么遗物,
我不需要你的纪念品。
只要你活着就好。
活着,为我活着,就足够了。
所以,所以,
所以你快回来呀!

我心中所有的感情——悲伤、喜悦、憎恨、痛苦、烦闷、爱怜、孤寂、难过——都化为泪水流出来。流泪的理由并不存在，只是我的心承受不了。直到忍不住哭了才发觉，原来我过去一直在忍耐才做到不哭的。明明知道哭出来也无济于事，但是这次再也忍不住了。这眼泪并不是为改变某种现实而流的。

我真想见你一面。
想告诉你从未对你讲过的话。

明明知道这事办不到，我还是忍不住地许了愿。我知道世上没有卖后悔药的。
眼泪流干了，只有呜咽之声枉然地回荡在你的房间里。
我累极了，连哭的力气也没有了。
我大口吸着气，慢慢地吐出来，然后又一次站在门口。

我再也不会来这里，对我而言，这是个温柔而痛苦的地方。

我心中念叨着,虽然下这个决心令人很难受,但是我必须断了后路。如果允许自己再来的话,今后我会在发生悲伤的事情时来这里逃避现实。为了面对现实,我必须告别此地。

为了永远记住这个初次也是最后一次来的地方,我眼睛一眨也不眨地端详了一阵这个房间。

我走出房间,一只手牢牢地抱着你的照相机。

※

下了楼梯,我走进客厅。你母亲把脸埋在客厅中央的圆桌上。听到了我的动静,她一下子坐起来。她那么疲劳,不容易入睡,每逢听到响动就会惊醒。打搅了她,我感到十分心痛。

"我把您吵醒了吧?"

我怜恤地问疲劳的母亲,你母亲刚强地说:"没事。"

"是那架照相机吗?"

她的视线落在我手中的照相机上,脸上露出惊异的表情。我的决心已下,所以就问她:

"我能留作纪念吗?"

你母亲露出悲戚的微笑,回答说:"当然可以喽!"

"真奇怪,那孩子不知把照相机收在哪里了,连家里人都不知道。"

我听了这话又要掉眼泪,但我总算忍住了,告诫自己说:除你之外,不许在别人面前哭。

"真的可以吗?"

我用干巴巴的声音又问了一遍。

"可以呀!因为我想你会爱护它的。"

我看见她的眼睛湿润了。我比她激动得更厉

害,以至于语塞。我好不容易说出了表示感谢的话。

"我要回去了。"

最后总算告了别,我低头走向大门。

"希望你常来玩。"

你的母亲既文雅又温存地微笑着。

我知道今后我和她不会见面了,因为我不会再造访这个家。你母亲也觉察到我的决心。即使如此,倘若她允许我再次造访,那么我也很幸福,等于说,我还有一个家可以回的。

"谢谢。"

我又一次向你母亲道谢。你母亲满意地笑着送我出来。

※

过了几天,高中举行了开学典礼,原本你我都应该出席的。

在校长的致辞里提到一位少年。他考上了本校,没等到入学就因意想不到的事故死去了。他提议让我们为不幸的少年默哀。在入学的新生中,大部分人既没有见过你也没有和你说过话,甚至不知道你的存在,但是大家无言地寄托了哀思,思绪万千地闭着眼。

我们的新教室里充满了春光,让人感到被喜悦和希望包围,甚至感到它在欢快地祝福我们今后的新生活。

在我胸前的口袋里放着一个护身符,那就是让我们相识的照片《肥皂泡》。

我看着那张照片下了决心：
必须重新开始。
我要好好活下去。
我把照片放进口袋，开口和邻座同学说话：
"初次见面，多多关照。"

我现在担任学习委员，努力做到开朗，要成为一个大家所信赖的人。

如果你在我身边的话，我就不会硬逼着自己装作这么快活、开朗。只有你才能让我表达真实的自我。

可是你已经不在了，没有人能使我放松地做自己了。

我会一个人生活下去。
活着，我不依靠谁，不再向人撒娇。
活着，对谁也不说气馁的话。

最近班级里有人问：

"那个本应到咱们班上学的少年,是什么样的人呢?"

我的胸口像针刺一样地疼痛。我想这样讲:

"是一个温柔的、很棒的人,我非常非常看重他,他比谁都宝贵。"

但是我一直忍着。我望着天说:"他究竟是个什么样的人呢?"

蔚蓝色的天空中浮现出你羞涩的笑脸,我不禁微笑了。

※

天亮了,写信写了一夜,我的手臂酸痛,使不上劲儿了。

在写信的过程中,钟表上的日历翻新了,新的一天开始了。

今天是你的生日啊,是你十六岁的生日。为这个生日我准备了礼物,现在每逢见到它就感到一阵压抑。

当阳光照耀大地之际,我要去给你扫墓。我在心中给你祝福,祝你十六岁生日快乐。小规模地庆祝一下吧,只有你我两个人,不被任何人打扰。

你也应该到场吧,我会在你的墓前烧掉这些引人回忆的物件——你给我的少数的礼物和我打算送给你的摄影作品集、那些你没有寄出的信、你精心保存过的我的信件,还有这封我给你写的长信。一切令我怀旧的物件都烧掉,只有一件我要保留,那就是《肥皂泡》的照片。

※

我至今对你还有些怨恨。

在梦中,你为什么扔下我走了?你为什么不带我一起走呢?只要和你在一起,我不害怕旅行。

在你那令人伤感的温暖的小屋里,我通过照相机的镜头看见了你,你对我说:

"要活下去!"

泪水润湿了我的眼睛,我发誓要一个人活下去,不做逃兵。逃跑是懦弱的表现。在没有你的日子里,我决心要比任何人都顽强地活下去。因为心中有了要守护的东西,所以我感到自己能变得更坚强。

"我已经不是一个人了,因为心中有了你。"

你曾经说过的话给了我重新振作的勇气以及生存下去的力量。

在没有你的世界里,我将得到什么?我将发现什么?现在还不好说。可是,既然你希望我活下去,而且这个世界给了我生存下去的机会,那么就姑且活下去。现在我只能按你的希望去办,在这个过程中,如果发现了理想,我的生活将会变得有意义吧!

你一定已经发现理想了,所以才让我去寻找。现在我逐渐明白了,就是因为这,我才留在这人世间的。

为自己、为你,我现在顽强地活着。

※

你死后,我一直坚持摄影。

我不参加学校摄影小组的活动,只按自己的眼光拍照片。

拍照会让我接近你。

"通过取景框你看到了什么?"

曾几何时,看你拍摄照片时,我脑海里浮现过这个疑问。现在我总是一边想着你,一边看镜头。

至今我还不知道,你究竟通过取景框看到了什么。

我在寻找你通过取景框看到的东西。

这回我要用自己的眼睛来寻找那些美景,那些过去你让我看的、令人感动得流泪的美景。

我不依靠任何人，不接受任何帮助，自己一个人走这条漫长的路。而且，总有一天，我会发现你所喜欢的世界。

※

在我曾经描绘过的未来理想中总有你。一起走路上学、和你一起听课、你我二人幸福地欢笑。

可是说起来也奇怪,现在即使没有你,这世界也没有改变。

有时朔风怒吼,有时微风拂面,鸣啭的小鸟也从不停止歌唱,地球运转照常。

我想顺其自然就是最好,虽然我现在为没有任何改变而叹息,可是万一改变了,会变得更难受,尽管说不清楚会怎么难受。

现在我的人生里没有你。在我生活的世界,周围人并不知道你。

也许我有时难受得想哭,但是从不让人看见我流泪。

因为我决心不在旁人面前哭,在你面前例外。

忍不住要哭的时候，
我就对着《肥皂泡》的照片哭。

现在我只允许自己在你拍的照片前哭。我认为照片就像你的灵魂一样。你就活在你的作品里。

只要想到有你陪我，我就觉得我可以迈出第一步，可以一个人独自上路了。

你给我的很多，但尽是些无常而虚幻的东西。我在你短暂的一生中起了什么作用呢？这也只有你才知道。我想：在你的人生中，我是其他人替代不了的，这是一件好事。因为对我来说，你的存在也是其他人替代不了的。

现在想起来，我们相识不过一年半的时间。我好像长期地思慕过你，又觉得好像只短短地见到过你几面。

还记得和你相识的那一天。

我对你一见钟情,认准你是我应该遇到的人,发觉我想要找的人就是你。当时这思恋很浅,一有风吹草动就会动摇;可现在,无论发生什么也改变不了我的信念。现在我可以满怀自信地说:

那就是命运决定的相逢与相识。

请原谅我不能去你所在的地方。不,你已经原谅我了。

试着活下去吧!

我想活下去,直到发现那让你着迷的世界。我竭尽全力活着,不浪费你留给我的这条生命。虽然我不知道能不能替代你活一把,但是为了在回首往事的时候不留遗憾,我将大踏步地走自己选择的路。

因为将有光明前途在等着我。

※

天马上就要亮了。从昨晚开始写的这封信也要收尾了。

黎明前的天空最黑暗最寒冷。如果物体在水中下沉到最低点,漂浮起来会更快。现在笼罩我的黑暗即将被光明灿烂的阳光代替。无论黑夜多么漫长,清晨必将来临。冬天过去了,春天还会远吗?

这就是自然规律,虽然世间万物、人事变幻错综复杂,但自然规律是不会改变的。我开始明白,我们生活在一个大的循环中,早晨、白天、黄昏、半夜、黎明。

看!太阳即将升起,曙光染红了天边。长夜终于结束了,天空即将大放光明。

即使黑夜再次来临,太阳也没有消失。只是我们看不见而已,不要忘记太阳和往常一样放射光芒。

虽然你在这个世界上消失了,但你一定和太阳一样,在一个我看不见的地方守护着我。

我已经说过多次了。这是我给你写的最后一封信。

我并不认为失去你是一件好事。但是,正因为失去了你,我才懂得更多。这是事实。

离别是难受悲哀的事情……可是,一定也是一种自然规律吧。有离别才有相逢。不要惧怕变化的世界。

能够遇到你太好了。我能在有限的时间里觅到一个知音真是奇迹。

今后我还会遇到很多人,但是时间无论怎样流逝,我一生也忘不掉你。这对我来说太重要了。我希望你也是这样想的。

你先走了,以后我也会去你去的地方。临终时我会叫着你的名字,正如你叫我的名字一般。你的名字会照亮我要走的路。

在那一天到来之前,你一定要等我呀。

信写得太长了。我感到在内心深处,自己的心情有些变化。虽然是很小的变化,但是我迈出了一大步。一切即将变好,我释然了。

这是最后一封信。

但是,它不是永远地结束,而是一切的开始。

※

有一件事想告诉你,那只是一句话,过去没说出口,它是我有生以来第一次说:

我爱你。